Eva Carolin Seidel

Die Tübinger Schwestern

Historischer Roman

Bibliografische Information der Deutschen Nationalbibliothek:
Die Deutsche Nationalbibliothek verzeichnet diese Publikation in der Deutschen Nationalbibliografie; detaillierte bibliografische Daten sind im Internet über http://dnb.dnb.de abrufbar.

Lektorat: Brigitte Kreuzer
Korrektorat: Waltraud Raddatz
Umschlag: Zeichnung von Dorothea Kastl

Herstellung und Verlag: BoD – Books on Demand, Norderstedt

ISBN: 978-3-7557-0095-1

Für meine Familie

und für alle, die Tübingen lieben

KAPITEL 1

Juli 1900

Das Mädchen lag in seinem in Pastelltönen gehaltenen Zimmer auf einer weich gepolsterten Ottomane, in der Hand einen himmelblauen Briefbogen. Der zugehörige Umschlag mit ausländischen Briefmarken mit dem russischen Kaiserwappen und einem Petersburger Poststempel war zu Boden gefallen. Barbara erstarrte beim Lesen der eilig hingeworfenen Zeilen, als sie erkannte, dass er nicht käme, und zwar aus „geschäftlichen Gründen", wie er das nannte. Verzweiflung machte sich in ihr breit. Wie sehr hatte Barbara doch sein Kommen ersehnt!

Aber ihre Eltern würden sich strikt gegen eine Reise nach Petersburg aussprechen, das war ihr sofort klar. Bitterkeit stieg in ihr auf, aber auch süße Erinnerungen an die Zeit, als alles begonnen hatte. Barbaras Blick verschleierte sich.

August 1899

Das Ende des Tübinger Sommers war nicht mehr fern. Die Apfelbäume neigten sich unter ihrer schweren, süßen Pracht. Am Rande der üppigen Felder nickten die Sonnenblumenköpfe dem Betrachter freundlich zu. Näherte man sich der Olgastraße, so ertönte hinter der Waltherschen Ligusterhecke fröhliches Lachen, Neckereien wurden hin und her geworfen. Im elterlichen Garten spazierten drei Schwestern auf und ab, die am Vortag aus der Karlsbader Sommerfrische zurückgekehrt waren. Während die Finken und Spatzen von dem breiten Birnbaum ihr Liedchen pfiffen, genoss das Trio die letzten warmen Ferientage vor dem Schulbeginn.

Barbara, die Älteste, groß und fraulich, mit einem kecken Näschen, das hellbraun gelockte Haar fiel ihr mit ihren achtzehn Jahren in einem lockeren Zopf über die Schultern, beugte sich zu Josephine, der jüngsten Schwester, hinüber. Wissend blinzelte sie ihr mit ihren rehbraunen Augen zu und tat kund, dass die fremdländischen Austauschstudenten schon am nächsten Tag in der etwas verschlafenen süddeutschen Universitätsstadt eintreffen würden. Ein grünbrauner Nixenblick wurde ihr von der vier Jahre jüngeren Josephine zurückgeschickt, deren gewölbte Lippen sich nun zu einem breiten Lächeln verzogen, während sie ihre dunkelblonden Zöpfe über die Schultern zurückwarf. Der sechzehnjährige Backfisch Helene, etwas schmaler als die anderen beiden und von eher dunklem Typ, ging aufgeregt hin und her. Es müsste doch eine Möglichkeit geben, die fremden Studenten näher kennenzulernen!

Die immer noch starke Sommersonne reckte ihre Strahlen bis in den Waltherschen Garten. Purpurne Stockrosen lehnten schläfrig an der Hausecke. Die drei Mädchen nahmen das Brummen der Hummeln wahr, die sich an den lilaroten Sonnenhutblüten gütlich taten, während sie in der letzten Augustwärme beratschlagten, was zu tun sei.

„Susannas Familie quartiert zwei der Studenten bei sich ein", wusste Barbara und teilte diese Information, die sie von ihrer besten Freundin hatte, mit den Jüngeren. Schließlich einigten sich die drei Schwestern darauf, am kommenden Morgen wie zufällig am Marktplatz vorbeizuschlendern, um nichts zu verpassen. Die Ankunft der fremdländischen Kutschen war jedes Jahr ein großes Ereignis, das von der gesamten Tübinger Jugend mit Spannung erwartet wurde. Die Eltern, denen von der treuen Ida der Kaffee in der Gartenlaube serviert wurde, wurden rasch befragt. Sie hatten nichts gegen die Pläne ihres Dreiergespanns einzuwenden, der Ankunft der Austauschstudenten beizuwohnen, und blickten den stürmisch fliegenden Zöpfen lächelnd hinterher.

Am nächsten Tag befanden sich die drei Walther-Mädchen also unter der Menschenmenge, die die Anreisenden in Empfang nahm. Es gab ein großes Gedränge, denn jeder wollte etwas sehen. Auch Josephine und ihre

Schulkameradinnen Dora und Grete reckten ihre bezopften Köpfe wippend nach vorn und winkten einander in der Menschenmenge kurz zu. Dora stand vergnügt bei ihren Eltern, wohingegen das rundliche Gesicht Gretes von ihren hoch aufgeschossenen Brüdern Hubert und Kurt begleitet wurde, welche ihre kleine Schwester und deren Freundinnen gerne an den Zöpfen zogen. Josephine versuchte, diesen beiden Flegeln möglichst aus dem Weg zu gehen.

Eigentlich sollten die Wagen schon eingetroffen sein, doch kein ratterndes Geräusch war auf dem Kopfsteinpflaster zu hören. Stattdessen vernahm man scharrende Hufe und das Schnauben der wartenden Kutschpferde am Rande des Platzes, Kindergeschrei und Stimmengewirr. Aufregung lag in der Luft, doch man musste sich noch eine Weile gedulden.

Barbara entdeckte unter all den Zylindern, Kopftüchern und ausladenden Hüten ihre Schulfreundin Susanna, die ein herrliches zartrosa Kleid und passende Schleifen in ihren blonden Zöpfen trug, und kämpfte sich bis zu ihr vor. Es stellte sich heraus, dass Susannas Eltern ein Zimmer in ihrem Hause in der Haag-Gasse nahe des Marktplatzes an zwei russische Studenten vermieteten. Susannas Eltern und die ältere Schwester Bettine waren gekommen, um die beiden Mieter abzuholen und in ihr neues Domizil zu geleiten. Barbara und ihre Freundin drängelten sich nach vorne und standen schließlich in der ersten Reihe, als die staubigen

Droschken auf dem Marktplatz einfuhren. Die Mädchen beobachteten die aus den Wagen steigenden jungen Männer. Einer, ein großer Dunkler mit ordentlich gescheiteltem Haar, fiel Barbara sofort ins Auge. Als er zufällig in ihre Richtung blickte, errötete sie und wandte sich schüchtern ab. Noch verlegener aber wurde sie, als sich eben jener junge Russe als einer entpuppte, der Susannas Familie zugeteilt worden war! Er hieß Dimitri und zog mit seinem Kommilitonen Alexander bei Susanna ein.

Da Susannas Haus nicht weit vom Tübinger Marktplatz entfernt lag, ging man die paar Schritte zu Fuß. Wie selbstverständlich schlossen Barbara und ihre jüngeren Schwestern sich dem kleinen Zug an. Dimitri wechselte höfliche Worte mit seinen Wirtsleuten, dann befand er sich plötzlich neben Barbara und sagte, während sein dunkler Blick ihr durch und durch ging, er habe noch nie so wundervolle, runde hellbraune Augen gesehen.

Den Rest des Tages durchlebte Barbara wie im Nebel. Sie sah nur noch den fremden schönen Russen mit seinen ebenmäßigen Gesichtszügen und den dichten Brauen über den dunklen Augenstrudeln vor sich, hörte seine östlich rau gefärbte Stimme und wandelte wie im Traum. Die jüngeren Schwestern neckten sie deswegen auch noch den Rest der Woche, doch nicht einmal das konnte ihr etwas anhaben.

Die Eberhard-Karls-Universität öffnete ihre Pforten und für die Waltherschen Mädchen begann nach den Sommerferien die Schule wieder. Blanke, reife Pflaumen an den Bäumen verhießen eine reiche Ernte und waren in den Pausen zwischen den einzelnen Stunden recht beliebt. Langsam folgte das dunkelblau-träge Neckarwasser seinem gewundenen Weg durch das Städtchen, während sich die überhängenden Büsche an den Uferhalden zögernd gelblich färbten.

Barbara, von Natur aus träumerisch veranlagt, verlor sich in ihren Gedanken und hatte größte Mühe, dem Unterricht mit Aufmerksamkeit zu folgen. Die französischen Verben wollten sich ihr nicht einprägen, die mathematischen Gleichungen ließen sich nicht lösen und auch längst bekannte Gedichtzeilen sowie die Texte der oft gesungenen Vaterlandslieder wollten ihr nicht mehr einfallen.

„Fräulein Walther, Ihre Mitarbeit lässt zu wünschen übrig", konstatierte ein Lehrer nach dem anderen.

Erst als Barbaras Vater, Ludwig Walther, Rektor des hiesigen Gymnasiums, ein ernstes Wort mit seiner Ältesten sprach, nahm diese sich etwas zusammen und kehrte allmählich zu ihren bisherigen Leistungen zurück. Barbara war von jeher eine ordentliche und beliebte Schülerin gewesen, die sich notenmäßig im oberen Drittel ihrer Realschulklasse befand. Viele ihrer Freundinnen wurden zu Hause unterrichtet, doch Ludwig Walther war der Ansicht, dass ein Schulbesuch, der

Französisch- und Englischunterricht einschloss, der freien geistigen Tätigkeit seiner drei Töchter am zuträglichsten sei.

So waren die spätsommerlichen Septembertage ins Land gegangen und der sonnige Oktober mit seinen raschelnden Blättern und dem frischen Wind hatte Einzug in Tübingen gehalten. An einem herbstlichen Samstag lud Susanna ihre Freundin für den Nachmittag zu sich nach Hause in die Haag-Gasse ein, wo einige russische Studenten einen Theaterkreis bilden wollten und noch weibliche Mitspielerinnen suchten. Barbara erbat von ihren Eltern die Erlaubnis, daran teilnehmen zu dürfen. Mutter Paula, über einen Brief von ihrer in England lebenden Schwester Julie gebeugt, war davon abgelenkt und nickte zustimmend. Der Vater, der Onkel Louis' Zeilen über dessen Antarktis-Expedition in der Hand hielt, befürwortete Barbaras Vorschlag ebenfalls und registrierte mit Wohlwollen, dass seine Älteste nun wieder aus ihrer Traumwelt in die Realität zurückgekehrt war.

Überglücklich radelte Barbara des Nachmittags, als die Kirchturmglocke gerade drei Uhr geschlagen hatte, von der Olgastraße am Neckar entlang zur Haag-Gasse. Das Gesicht, das der milden Herbstsonne zugewandt war, wurde dabei rosig und warm. Doch am Rücken spürte sie bereits die Kälte der gefallenen Temperaturen. Über ihrem hellgrünen Kleid, das Barbara besonders gut zu Gesichte stand, trug sie eine warme Strickjacke. Unterwegs begegneten ihr ein paar Spaziergänger, die diesen herrlichen Oktobertag am malerischen Flussufer genossen. Grün-, gelb- und braunbelaubte Äste neigten sich zum dunstigen Wasser hin, welches ihre Farben wie im Nebelspiegel zurückwarf. Auch ihre mittlere Schwester Helene hatte sich das goldene Licht zunutze gemacht und begonnen, die herbstlichen Neckarhalden zu skizzieren. Winkend grüßte sie die Ältere, als diese frohgemut an ihr vorbeiradelte.

Susanna empfing ihre Freundin aufgeregt an der Haustür und führte sie in den hinteren Teil des Hauses, denn die Proben sollten im Musikzimmer stattfinden. Dort war das Klavier zur Seite geschoben worden, Stühle reihten sich aneinander und gaben den Blick frei auf die improvisierte Bühne. Natürlich war der dunkelhaarige Russe, der Barbara nicht aus dem Sinn ging, anwesend und trat ihr mit einem charmanten Lächeln entgegen. Wie sie die vergangenen Wochen verbracht habe, wollte er wissen, und dass er an sie gedacht habe, fügte er hinzu. Barbara schien über dem Boden zu schweben, so leicht wurde ihr ums Herz.

Einer der russischen Studenten, Ilja, mit einer auffällig geraden Nase und dichtem schwarzem Haar, der zusammen mit Dimitri und Alexander an der Universität die Werke Goethes und Schillers studierte, hatte selbst ein Stück mit dem Titel „Anna" geschrieben. Darin ging es um die Titelheldin Anna und ihren Geliebten Alexej, die aus einem brennenden Haus ein Kind retten, welches eine Gräfin zur Mutter und einen hohen Offizier zum Vater hat. Dieser verdächtigt Alexej der Spionage, Anna entkommt nur knapp marodierenden Soldaten und nach vielen Verwicklungen und einer dramatischen Entschuldigungsszene versöhnt sich der Offizier mit Alexej. Daraufhin könnte Anna ihren Alexej heiraten, wenn dieser nicht am Morgen der geplanten Hochzeit, tödlich verwundet, in ihren Armen sterben würde. Diese russische Dramatik, gepaart mit naturalistischen Zügen, erinnerte an die Schriftsteller von Weltruhm, Dostojewski und Tolstoi. Es fügte sich, dass Barbara und Dimitri ein Paar zu spielen hatten, nämlich die Eltern des geretteten Kindes. Die Hauptrollen waren dem Autor selbst und Susanna vorbehalten, wodurch Barbara in den Pausen umso mehr Zeit und Gelegenheit hatte, sich mit ihrem russischen Theatergatten zu unterhalten.

So verflogen über den Theaterproben die Wochen und Monate und schon stand die geliebte Weihnachtszeit vor der Tür. Im Waltherschen Hause wurden die Zimmer mit weißen Sternen und roten Bändern, die sich um frisch duftende Tannenzweige wanden, geschmückt. Die Mädchen stickten, malten und strickten eifrig an ihren Weihnachtsgeschenken für die Familie. Adventliche Weisen erklangen auf der Geige und am Klavier und anlässlich einer Weihnachtsfeier sollte das Theaterstück „Anna" nun im Atrium von Ludwig Walthers Gymnasium in der Uhlandstraße aufgeführt werden.

Der Schulchor hatte bereits seine mehrstimmigen Weihnachtslieder vorgetragen. Während hinter den Kulissen noch eifrig geschminkt und an der Kleidung gezupft wurde, während man noch einmal die Textzeilen vor sich hinmurmelte, hielt Oberstudiendirektor Walther seine weihnachtliche Ansprache. Lampenfieber machte sich breit. Wo war nur die Schriftrolle, die die Herkunft des Kindes beweisen sollte, geblieben? Sie lag doch sonst immer auf dem Tisch, der in der Mitte der Bühne thronte. An Iljas Kostüm hing ein Knopf an einem einzelnen Faden herunter, der in Windeseile notdürftig von Susannas großer Schwester Bettine wieder angenäht wurde. Nur die Reihenfolge der einzelnen Szenen nicht verwechseln, wie das während der Hauptprobe passiert war! Barbara, die noch nie als Schauspielerin auf einer Bühne gestanden hatte, ging unruhigen Schrittes hin und her, während sie dem Ende der Rede ihres Vaters lauschte. Als Applaus durch das Atrium flog, legte sich ihr eine Hand auf den schlanken Arm. In Dimitris Augen stand zu lesen, dass er ihr vertraute und ihr Mut machen wollte. Barbara schien außerdem einen Anflug von Zärtlichkeit darin zu entdecken, doch jetzt blieb keine Zeit, weiter darüber nachzudenken, denn der Vorhang hob sich und man musste sich bereithalten für den Auftritt.

Susanna als Heldin Anna vollbrachte eine Glanzleistung, Iljas Sterben in ihren Armen wirkte beinahe echt und rührte das Publikum zu Tränen. Auch Barbaras theatralisches Können hatte sich während der Proben erheblich verbessert, so dass sie sich bei der Aufführung ihrem Theaterehemann leidenschaftlich in die Arme zu werfen vermochte. Helene und Josephine zwinkerten sich an dieser Stelle heimlich zu und lächelten in sich hinein. Endlich war alles überstanden! Von den Eltern wurde Barbara hinterher sehr gelobt und Dimitri überreichte ihr eine Christrose, begleitet von einem über ihre Hand hingehauchten Kuss. Barbaras erhitztes, glückliches Gesicht ließ sie schöner denn je aussehen, und jeder, der ihr gratulierte, wurde mit einem übermütigen rehbraunen Blitzen belohnt.

In dieser Hochstimmung befand sich die älteste Schwester noch am Weihnachtsmorgen. Sie hatte sich mit der Brennschere mühsam kleine Locken gedreht, die nun in einer hellbraunen Fülle über ihren Rücken fielen und nur von einem blassblauen Samtband zusammengehalten wurden. In ihrem kleinen Spiegeloval betrachtete sie ihre leuchtenden braunen Augen, mit denen sie seit Dimitris Kompliment mehr als zufrieden war. Auch das feine hellblaue Kleid, dessen Stoff an perlendes Wasser erinnerte, gefiel ihr ausnehmend gut. Bester Laune stieg Barbara die Treppe hinunter, um sich zu ihren Schwestern zu gesellen.

Es war wie jedes Jahr die Aufgabe der Mädchen, den Christbaum zu schmücken, und ein munteres Summen tönte aus der guten Stube in die Küche, wo die Mutter sich zusammen mit dem fleißigen Idchen in Zimt- und

Ingwerduft um das Gebäck und den Weihnachtskarpfen mit Kartoffelsalat kümmerte. Die Türe zur Stube stand einen Spalt offen und ließ einen Blick frei auf Helene, die in einem himbeerroten, fein bestickten Kleid vor dem Baum auf einen Stuhl geklettert war, einen Strohstern in der einen, einen Goldengel in der anderen Hand. Josephine, deren wilde dunkelblonde Mähne in zwei braven Zöpfen gebändigt über ihren Matrosenkragen und das dunkelblaue Kleid fiel, betrachtete das Werk von unten und gab nach oben und nach links, wo Barbara sich nun um das Stecken der Kerzen bemühte, gute Ratschläge.

Der Vater bereitete inzwischen das Tischchen vor, auf dem alljährlich die Krippe aufgebaut wurde. Maria und Joseph beugten sich über das winzige Jesuskind, dahinter standen Ochs und Esel, seitlich vor dem Stall nahmen die Hirten mit ihren Schafen Aufstellung und dahinter platzierte der Vater die drei Könige auf ihren prächtig geschmückten Kamelen. Vorsichtig wurde die Krippe mit Stroh und Moos gepolstert und das Dach mit einem goldenen Stern versehen.

Als Krippe und Baum fertig geschmückt waren und die Mutter guten Gewissens das Weihnachtsmahl in Idas fähige Hände übergeben hatte, machte man sich bereit, zur Christmette in die evangelische Stiftskirche zu gehen. Das regnerische und kalte Wetter, ohne Schnee so gar nicht weihnachtlich, lud nicht dazu ein, sich hinauszubegeben. Doch in warme Mäntel gehüllt ließen die

Walthers sich nicht davon abhalten, den traditionellen Weihnachtsgottesdienst zu besuchen. Nach einem zehnminütigen Spaziergang durch die nasse Gartenstraße parallel zum Neckar bis zum Holzmarkt betrat die Familie Walther die Stiftskirche St. Georg aus kaltem, glattem Stein, deren spätgotische Spitzbogenfenster die Mädchen so liebten. Eine Unmenge Kerzen verbreitete einen wohligen Schein und der Christbaum, auch hier reich geschmückt, verlieh dem Kirchenraum einen wunderbaren Zauber. Erwartungsvoll lauschend vernahm die Gemeinde die Worte des Pfarrers Crusius an diesem Fest der Liebe.

„Fürchtet euch nicht! Siehe, ich verkünde euch große Freude, welche dem ganzen Volk widerfahren wird!"

Welch eine Lichterpracht unterstrich diese frohe Botschaft! Ein mächtiger Orgeltonregen, der dem Christfest mehr als würdig war, ging auf die Gemeinde nieder. Die drei Walther-Mädchen warteten voller Spannung auf ihr Lieblingslied „O du fröhliche" am Ende des Gottesdienstes, damit kehrte Weihnachten erst richtig in die Herzen und Häuser ein.

Berauscht von den vollen Klängen und dem Weihnachtsgedanken, den der alte Pfarrer Crusius wieder treffend in Worte gefasst hatte, verließen die Menschen während des brausenden Orgelnachspiels die Stätte Gottes, um zu Hause im Kreise ihrer Lieben den Weihnachtsabend zu feiern.

Bei den Walthers waren zum Weihnachtsessen Großtante Annegrete aus Karlsbad und Onkel Georg, Vaters
jüngster Bruder, der als Wirbeltierpaläontologe immer
Interessantes über fossile Tiere zu erzählen hatte, zu
Gast. Sie logierten beide in Onkel Georgs Haus in Bebenhausen, das nördlich von Tübingen lag und von dessen
Haustüre aus man geradewegs auf die roten Dächer und
Fachwerkfassaden des Klosters und Jagdschlosses
blickte, die aus dem sie umgebenden Grün herausrag-
ten. Dieses Schloss zu Bebenhausen wurde in der Jagd-
saison häufig von König Wilhelm II. von Württemberg
genutzt. Einmal hatte Onkel Georg auf einem seiner
Streifzüge durch die umliegenden Wälder im Schön-
buch sogar den König selbst mit seiner Jagdgesellschaft
auf seinem Ross erspäht und im Anschluss den Nichten
in der Olgastraße in allen schillernden Details davon berichtet.

Nun versammelte sich also die ganze Familie in der
guten Stube. Onkel Georg gab den neuesten Klatsch
über König Wilhelm und Königin Charlotte zum Besten
und man begab sich zum Weihnachtsfestmahl an die
lange Tafel. Nach einem ausgezeichneten Karpfen und
vielen leckeren Beilagen, die Ida gezaubert hatte, setzte
sich Vater Ludwig in seinen dunkelgrünen Ohrensessel
und Mutter Paula ans schwarze Klavier. Sie spielte noch
einige bekannte Weisen, in die die anderen Familienmitglieder aus voller Kehle miteinstimmten. Helene und Josephine trugen auf ihren Geigen eine Hirtensinfonie vor,

danach durften die Geschenke ausgepackt werden. Da gab es bestickte Taschentücher, Mützen und Handschuhe, Kölnisch Wasser und Bücher. Die kleinen Bilder von Tübingen, die Helene mit ihren Wasserfarben gemalt hatte, fanden besondere Anerkennung. Onkel Georg hatte für jede seiner Nichten einen versteinerten Fisch ausgewählt, doch Barbaras liebstes Geschenk war ein Gedichtbändchen russischer Schriftseller, das ihr Dimitri am Tag vor dem Heiligen Abend zugesteckt hatte.

So fand das Christfest einen ruhigen Ausklang und die Tage bis Neujahr verflossen in nachweihnachtlicher Harmonie. Die Mutter saß oft am Klavier, Josephine mit ihrer hellen Stimme sang dazu, auch Barbara und Helene fielen gerne mit ein, wenn sie sich nicht gerade über ein Buch oder eine Handarbeit beugten. Zum neuen Jahr gab es den ersten Schnee und auf dem gefrorenen Kanal konnte man binnen kurzer Zeit wunderbar Schlittschuh laufen.

Endlich kam das Frühjahr mit seiner Blütenpracht heran und damit auch die Zeit der Klassenarbeiten und Examen. Im Waltherschen Garten reckten die Farbtupfer der Primeln, Narzissen, Krokusse und Anemonen ihre Köpfe aus dem frischen grünen Gras hervor, das die lästigen Schneereste fröhlich abschüttelte. Doch die drei Mädchen steckten ihre Nasen fleißig in ihre Schulhefte, obwohl die frühlinghafte Sonne draußen verlockend lachte. Hin und wieder blieb am Wochenende ein Nachmittag für ein Picknick mit Else, Dora und Grete an den

Neckarhalden oder eine Wanderung mit Susanna und den Studenten rund um Tübingen. So schlichen sich wärmere Temperaturen herbei, ohne dass man es bemerkt hätte. Die Klausuren waren bestanden, die Zeugnisse zur allgemeinen Zufriedenheit ausgefallen, besonders Helene hatte ihren Eltern mit ihren guten Noten Freude bereitet.

Für Dimitri, Alexander, Ilja und all die anderen hieß es Abschied nehmen von der Eberhard-Karls-Universität, dem Fleckchen Württembergs, das für zwei Semester ihre Heimat gewesen war. Dort hatte man neue Freunde gewonnen, von denen man sich nun trennen musste. Dies lastete besonders auf Barbaras Gemüt, auch wenn sie es sich nicht eingestehen wollte. Die jüngeren Schwestern behandelten die Ältere besonders rücksichtsvoll und versuchten, den hellbraunen Augen ihr Strahlen zurückzugeben. Doch vergeblich. Umwölkten Gemütes harrte Barbara des Lebewohls.

Als nun die Zeit des Abschiednehmens gekommen war, erschien Dimitri mit einer roten Rose in der Olgastraße und überreichte sie Barbara, die ihn schon sehnsuchtsvoll erwartet hatte. Danach suchte der aufgeregte junge Russe Vater Walther in dessen Studierstube auf, um ihm auf Wiedersehen zu sagen und ihn um die Hand seiner ältesten Tochter zu bitten. Ludwig Walther rief seine Frau Paula herbei und gemeinsam führten sie ein Gespräch mit dem russischen Studenten, an dessen Ende der Vorschlag stand, ein Jahr abzuwarten.

Während dieser zwölf Monate könnten Dimitri sein Philologie-Examen in Petersburg und Barbara ihre Reifeprüfung ablegen. Dann solle er wiederkommen, eine Stellung vorweisen und, wenn der beiderseitige Wunsch nach einer Verbindung noch immer bestehe, den Segen der Eltern haben.

Nach dieser wichtigen Unterredung ließen Dimitris Züge nicht erkennen, ob er mit der beschlossenen Probezeit einverstanden war oder nicht. Er bedankte sich höflich und trat dann zu der ungeduldig wartenden Barbara. Als diese vernommen hatte, was der Gegenstand des elterlichen Gesprächs gewesen war, legte sich ein Leuchten auf ihr Gesicht und ein klarer Blick hielt dem Dimitris stand.

„Willst du warten?", fragte er sie mit seiner dunklen Stimme. Ein geflüstertes „Ja!" war die Antwort, als er sich über ihre Hand beugte und einen Abschiedskuss darüber hinhauchte.

Juli 1900

Ein Jahr später wurde Barbara ihr Reifezeugnis ausgehändigt, doch erhielt sie statt des ersehnten Besuchs einen Brief auf himmelblauem Papier. In ihrem tiefsten Herzen wusste sie, dass die oberflächlich hingeworfene Erklärung, Dimitri könne aus „geschäftlichen Gründen" diesen Sommer leider nicht nach Tübingen reisen, indirekt sein Desinteresse an einer Verbindung mit ihr ausdrückten. Trotzdem wäre sie am liebsten nach Sankt Petersburg gefahren und hätte ihm gezeigt, wieviel er ihr auch nach einem langen Jahr des Wartens noch bedeutete.

Doch stattdessen würde Barbara ihre Mutter und die jüngste Schwester Josephine nach Karlsbad zu Großtante Annegrete begleiten, um dort die Sommermonate über am Karlsbader Gesellschaftsleben teilzunehmen. Neben Moor- und Schlammbädern waren etliche Tanzveranstaltungen und Landpartien rund um Karlsbad vorgesehen. Josephinchen folgte der Einladung der Großtante mit Begeisterung, Barbara, um sich von ihrem Kummer abzulenken. Helenes Wunsch, zu Hause bei dem Vater zu bleiben und an der Sommerakademie Malunterricht zu nehmen, war nach vielen Diskussionen stattgegeben worden.

KAPITEL 2

August 1900

Die Kutsche rollte um die letzte Kurve der Olgastraße und war schon bald aus Helenes Gesichtsfeld verschwunden. Sie bedauerte zwar, ihre Schwestern nun nicht mehr um sich zu haben, doch so konnte sie sich in Ruhe ihrer Malerei widmen. Sie eilte mit wippenden dunklen Zöpfen zurück zum Haus und über den rosagesäumten Weg in den Garten, wo unter dem großen, Schatten spendenden Birnbaum ihre Staffelei aufgebaut stand.

Helene mochte besonders gern Wasserfarben, an Öl wagte sie sich noch nicht heran. Ihre Motive entstammten meist der sie umgebenden Landschaft, die sie in ihrem Skizzenbüchlein mit Bleistiftstrichen festgehalten und danach an der Staffelei in Farbe nachgemalt hatte. Da gab es etliche Motive vom Neckarufer, von der in der Gartenstraße gelegenen Synagoge, vom Schloss Hohentübingen, von der Stiftskirche und dem Forstbotanischen Garten sowie von Bebenhausen. In Helenes hellblau gehaltenem Zimmer, das nach Osten blickte und schon morgens von Sonnenlicht durchflutet wurde, standen einige vollendete Werke: einige Fachwerkgiebel im Abendrot, idyllische Neckarauen, der in Blüte stehende Birnbaum im Garten, sie selbst mit ihren Schwestern bei der Handarbeit. Im Moment bemühte sie sich um den Marktplatz mit dem ihn umgebenden Häuserhalbrund. Helene schwelgte bereits in der Vorfreude auf ihren Malunterricht, der in nunmehr zwei Tagen beginnen sollte. Bis dahin würde sie wohl die Farbgebung der Häuser sowie den Himmel ihres Bildes fertiggestellt haben.

Die beiden Tage vergingen wie im Flug und schon radelte Helene die Olgastraße Richtung Neckar entlang, hielt gen Norden zu und kam auf diese Weise rasch zur Kaiserstraße, wo neben dem Justizgebäude Adalbert Settis Atelier lag. Die Tasche mit ihren Malutensilien baumelte lustig am Lenker, die dunkelbraunen Wellen, die sich aus den Zöpfen gewunden hatten, flatterten im Fahrtwind.

Der Vater blickte seiner mittleren Tochter mit gemischten Gefühlen nach. War es richtig, ein Mädchen von siebzehn Jahren Malstunden nehmen zu lassen, anstatt es irgendwohin zur Erholung in die Sommerfrische zu schicken? Ein väterlicher Seufzer begleitete Helene auf ihrer ersten Fahrt zu Herrn Setti. Die Tochter hatte ihren eigenen Kopf und so lange gebettelt und gebeten, bis das Vaterherz erweicht worden war. Und nun sollte sie sich vier Wochen der Malerei hingeben.

Im Stillen triumphierte Helene immer noch über diesen ersten Sieg ihren Eltern gegenüber. Zum ersten Mal hatte sie entscheiden dürfen! Was für ein großer Tag war das gewesen! Oder wurde sie langsam erwachsen?

Das Mädchen war vor dem langgestreckten weißen Ateliergebäude angelangt, stieg vom Rad ab, welches an das Treppengeländer gelehnt wurde, und erklomm aufgeregt die Stufen hinauf in den Malsaal. Licht durchflutete den schlauchartigen Raum von oben, große dunkle Holztische standen den Sommerakademie-Teilnehmern zur Verfügung. Hinter jedem befand sich ein gedrechselter Hocker, der den Künstler einlud, sich dort niederzulassen.

Die Gruppe bestand aus neun weiteren Schülern, die gleichzeitig mit dem Waltherschen Backfisch eintrafen. Da gab es zwei gebeugte ältliche Damen und ihre beiden noch älteren Verehrer dazu, eine moderne, extravagant gekleidete Dame mittleren Alters mit Kurzhaarfrisur sowie vier junge Männer mit Studentenmützen, darunter ein großer hagerer, ein korpulenter und zwei kleine schmächtige.

Nun erblickte Helene zum ersten Mal Herrn Setti – die Anmeldung hatte er damals nicht persönlich entgegennehmen können – und verliebte sich Hals über Kopf in ihn! Er war ein stattlicher, aber eher kleiner junger Mann Anfang zwanzig mit einer enormen dunklen Haarpracht, die ihm weich in den Nacken fiel, einer kleinen runden Brille, dahinter flink um sich blickende dunkle Augen, und mit langen, schmalen Fingern. Helene, die die jüngste Teilnehmerin war, nahm auf einem der vorderen Hocker Platz, um eine klare Sicht auf ihren Lehrer zu haben. Zunächst begrüßte Herr Setti seine Malschüler und überprüfte die Namensliste. Jeder wurde mit einem freundlichen Blick bedacht, Helene empfand eine Welle des Glücks, als er sie so ansah.

Verträumt verfolgte sie diese erste und viele weitere Malstunden. Meistens durften die Schüler ihre Themen selbst wählen. Herr Setti, dessen Finger den Pinsel mit enormer Präzision zu führen vermochten, gab zusätzliche Anregungen, erklärte besondere Techniken, schenkte Licht und Schatten große Beachtung und wies den jeweiligen Schüler sanft auf Fehler hin.

Während der Pausen wurde Helene oft von dem großen jungen Mann mit auffällig gebogener Nase in ein Gespräch über Kunst verwickelt, der sich dem Studium der Kunstgeschichte verschrieben hatte und sehr belesen war. Sie liebte es, über ihre bevorzugten französischen Impressionisten wie Gauguin, Degas, Renoir, Manet oder Cézanne zu plaudern, doch ansonsten entfiel auf „Herrn Nase", wie sie Winfried Löffler für sich getauft hatte, keinerlei Beachtung. Sie hatte nur Augen für Herrn Setti – Adalbert, wie sie ihn bei sich nannte. Die ganzen vier Wochen hindurch zierte Helenes Gesicht ein glückliches Lächeln, das aus ihrem Inneren zu kommen schien. Oft lag sie in ihrer hellblauen Kammer auf dem duftenden Spitzenbettbezug, die lebhaften dunklen Augen verliebt zur Decke gerichtet und in einen Tagtraum versunken, dessen Held immer Adalbert hieß.

Als Helenes Vater, der sich den Planungen des kommenden Schulherbstes widmete, für sich und seine

Tochter eine Einladung zu einer Soirée bei Familie Löffler in der Post vorfand, musste Helene Einzelheiten von ihren Malstunden berichten. Winfried Löfflers älterer Bruder Wendelin, ein eifriger Tübinger Heimatforscher, war Ludwig Walther wohlbekannt. Bei einem guten Glas Württemberger Wein erörterte Ludwig oft mit seinen Freunden Wendelin und Otto, dem Hausarzt der Familie Walther, wie die Artikel für die „Tübinger Blätter", die sich mit Tübinger Persönlichkeiten und Sehenswürdigkeiten beschäftigten, gestaltet sein sollten. Da Ludwig häufig bei den geschätzten Löfflers ein- und ausging, bekam Helene die Erlaubnis, diese Abendeinladung anzunehmen, und ihr Vater würde sie selbstverständlich begleiten.

Das treue Idchen hatte Helene geholfen, die Haare zu einem Kranz aufzustecken und eine gelbe Rosenblüte an dem duftig weißen Kleid zu befestigen, und so stieg das Mädchen klopfenden Herzens in die wartende Kutsche. Diese brachte sie und Vater Walther, in schwarzem Frack und roter Fliege, zu den Löfflers, die am kleinen Ämmerle im Westen Tübingens wohnten. Würde sie dort auch Herrn Setti begegnen?

Hell erstrahlte das Löfflersche Anwesen im Licht der Laternen, welche die Ankommenden willkommen hießen. Gelbe Rosen rankten sich windend an der hohen Fachwerkfassade mit etlichen Fenstern empor. Winfried Löffler erschien persönlich, um Ludwig Walther zu begrüßen sowie Helene aus der Kutsche zu helfen und in den Saal zu geleiten, in dem sich die Abendgesellschaft versammelt hatte. Leise Harfenklänge vermischten sich mit betörendem Parfumduft reicher Damen, die an den Armen ihrer Begleiter hingen und leise mit ihnen flüsterten und lachten.

Obwohl Helene Herrn Setti nicht entdecken konnte, verbrachte sie einen herrlich beschwingten Abend. Von „Herrn Nase" erfuhr Helene, dass Cézanne sich momentan in der Provence aufhielt und sich besonders der Aquarellmalerei widmete. Auf Helenes linker Seite saß ein Archäologe, der von seinem Stipendium des Deutschen Archäologischen Instituts berichtete, das ihn zu interessanten Ausgrabungen bis in die Westtürkei geführt habe. Helene selbst erzählte von ihren Schwestern in Karlsbad sowie von ihren künftigen Malvorhaben und kam sich neben ihren beiden weltmännischen Tischherren recht klein und bieder vor. Ludwig Walther hingegen fand in Wendelin Löffler, dem Tübinger Heimatforscher, wie immer einen interessanten Gesprächspartner und verbrachte ebenfalls eine vergnügliche Soirée. Der Kalbsbraten war hervorragend gewesen und gegen Ende des Abends hatte eine Freundin der Löfflers mit ihrem Begleiter ein paar bekannte Mozart-Arien vorgetragen, die Helene mit ihren heiteren Klängen zu verzaubern wussten.

Als sich ein müder Geist am späten Abend im hellblauen Mädchenzimmer auf dem weichen Bett ausstreckte, wollte der Schlaf nicht kommen. Das Laternenlicht, die musikalische Untermalung, einzelne Gesprächsfetzen zogen erneut vorüber. Was würde das Leben noch für Helene bereithalten? Würde sie einmal in der Provence ihrer Malerei nachgehen? Sie stellte sich das kräftige Violett weiter Lavendelfelder vor, das von einer helleren, südlicheren Sonne beschienen wurde. Oder würde sie auch bis in die Westtürkei reisen? Helene sah sich schwitzend am Rande eines erdigen Ausgrabungsfeldes, in der Hand einige wertvolle Tonscherben, deren Alter bestimmt werden musste. Wie würde ihre Zukunft aussehen? Hoffend, dass ihr Schicksal mit dem von Adalbert Setti verquickt sein möge, dämmerte Helene schließlich hinüber in unruhige Träume.

Woche für Woche flatterten Helene und ihrem Vater fröhliche Briefe, mit österreichisch-ungarischen Marken beklebt, ins Haus. Die Mutter, Barbara und Josephine berichteten abwechselnd von Tante Annegretes Eigenheiten, die vor allem die Mädchen belustigten, von Dampf- und Moorbädern und Sprudelsalz sowie von Barbaras Verehrern, die allerdings dem verflossenen Dimitri nicht das Wasser reichen konnten, wie Helenes älteste Schwester mit Bestimmtheit festhielt.

Die mittlere Schwester wiederum schrieb fleißig nach Karlsbad und berichtete von ihren Kunststunden, von ihrem wunderbaren Mallerer und von der interessanten Soirée bei „Herrn Nase", von den Novellen des Schweizer Schriftstellers Gottfried Keller und des oberschlesischen Dichters Joseph von Eichendorff, die sie mit Vergnügen las, und von Idas leckerem Nusskuchen. Sie beschrieb den Lieben in der Ferne außerdem die sommerlich trägen Neckarwellen, die sie, allein oder mit ihrer Schulfreundin Else, die Tübingen diesen Sommer über ebenfalls nicht verließ, vom Ufer aus beobachtete. Dass Elses Vater kränkelte und ihre Familie sich keine Reise in die Sommerfrische leisten konnte, fand Helene bedauerlich. Allerdings genoss sie die gemeinsamen Gänge und klugen Gespräche mit der Freundin sehr. Die grünen Büsche und Bäume lockten jeden Stubenhocker hinaus in die herrliche Natur, und von der Böschung aus konnte man in aller Seelenruhe die Herren Studenten betrachten, die sich beim Stocherkahnfahren auf dem Fluss abmühten.

So näherte sich allmählich das Ende der Malstunden und damit der Tag der Vernissage, die den Abschluss des Unterrichts markierte und festlich in den ehrwürdigen Hallen des Justizgebäudes direkt neben dem Atelier Setti begangen werden sollte. Von allen Malschülern waren die besten Werke ausgewählt worden und hingen nun, hübsch gerahmt, in den Korridoren der Justitia. Helene selbst war sehr zufrieden mit ihren weich geschwungenen Neckarauen, welche der Zuschauer harrten. Winfried Löffler hatte bei seinen Streifzügen durch den Forstbotanischen Garten duftende Blüten in ihrem grünen Paradies festgehalten, die nun neben Helenes Neckarufer an der langgestreckten Wand hingen.

Weitere stimmungsvolle Aquarelle von Szenen rund um Tübingen vervollständigten das Bild und Helene war sich sicher, dass es eine herrliche Vernissage werden würde. Vater Walther und auch Onkel Georg ließen es sich nicht nehmen, die erwartungsfrohe kleine Künstlerin in ihrem grüngelben Sommerkleid mit passenden Bändern im dunklen Haar zur Abschlussausstellung zu eskortieren. Helenes dunkle Augen strahlten voller Freude, als ihr Onkel ihr aus der Droschke half und dazu bemerkte, sie werde immer hübscher. Sorgsam strich sie ein paar Falten aus ihrem Kleid und schritt dann zwischen Vater und Onkel fröhlich auf das hoch aufragende Justizgebäude zu.

Da stand am Eingang schon „Herr Nase" mit seinem Bruder, dem Heimatforscher, ins Gespräch mit den zwei älteren Damen vertieft, welche am liebsten Häuserfassaden zeichneten. Weitere Malschüler mit ihren Familienmitgliedern spazierten durch die Korridore, während ein Mädchen in weißer Schürze und Haube Plundergebäck reichte. Ein behandschuhter Kellner wand sich elegant durch die stehende Menge und bot jedem, der Durst verspürte, ein Glas Schaumwein an. Auch Helene durfte kichernd davon probieren, fand das perlende Getränk köstlich und trank aufgeregt etliche Schlucke davon, während sie ihren Blick über die Anwesenden schweifen ließ.

Endlich entdeckte sie Adalbert Settis dunklen Haarschopf, darunter seine Brille. Eben beugte er sich über die Hand einer eleganten, aus der Menge hervorstechenden Dame mit einer kecken Feder am Hut und blutrotem Lippenstift rund um ihr breites Lächeln. Als würde sie von dieser Szene angezogen, näherte sich Helene langsam den beiden und nahm den glänzenden Goldschimmer am Ringfinger der Dame wahr.

Schlagartig wurde die kleine Malerin nüchtern, als Setti ihr seine Verlobte aus Straßburg vorstellte. Mechanisch nickte das Mädchen dem Paar zu und verließ dann traumwandlerisch das Justizgebäude.

Kleine Seifenblasen der Zukunftsglücksträume zerplatzen und tropften tränennass auf den gelbgrünen Kragen! Helene Setti würde sie nie heißen!

Enttäuschung machte sich in ihrem Mädchenherzen breit, Wut auf die andere, Wut auf Adalbert, Wut auf sich selbst, dass sie nicht erkannt hatte, wie wenig sie ihrem Lehrer bedeutete.

Über diesen verzweifelten Gedanken hatte Onkel Georg seine Nichte eingeholt und verstand sofort, als sie ihm von einem Migräneanfall sprach. Zusammen mit Vater Walther brachte er das Mädchen nach Hause, Ida verfrachtete die Leidende in ihr himmelblaues Bett und brachte ihr ein Glas frischen Wassers. Tatsächlich dauerte Helenes angebliche Migräne zwei Tage, in denen sie ihr Bett praktisch nicht verließ. Dann aber stand sie, still und in sich gekehrt, auf, packte ihre Malutensilien in die hinterste Ecke ihres Kleiderschrankes und widmete sich

mit an Besessenheit grenzendem Eifer ihrem Geigen-
spiel.

Vater Ludwig war zwar froh, dass Helenes Migräne
überstanden schien, aber er beobachtete ihr seltsames
Verhalten mit großer Besorgnis. Er rätselte hin und her,
was vorgefallen sein mochte, konnte sich jedoch keinen
Reim auf Helenes Sinneswandel machen. Jedes Wort,
das er sprach, um sie wieder zum Malen zu ermuntern,
stieß auf eine Wand des Schweigens.

Und so erwartete er, genau wie seine Tochter, die
Rückkehr der fehlenden Familienmitglieder aus Karls-
bad, damit wieder Ruhe und Gewohnheit im Hause
Walther einkehre.

KAPITEL 3

September 1900

Die Zeit der Weinlese war gekommen, als Barbara, Josephine und Mutter Paula in ihrer Kutsche an dichten Wäldern, sich durch das Land schlängelnden Flussbändern, sonnigen Weinbergen und stoppeligen Maisfeldern vorbei zurück nach Hause rumpelten. Der Himmel blaute, durchkreuzt vom Schwung der Schwalben, und es duftete nach der Schwere des sich rundenden Sommers.

Neben Vater stand, klein und still, Helene auf den Stufen vor der Haustür, als die Langersehnten endlich eintrafen. Die ältere und die jüngere Schwester herzten und umarmten die beiden zu Hause Gebliebenen, während die Mutter, im eleganten braunen Reisekleid, Küsse auf die dargebotenen Wangen hauchte. Ein munteres Durcheinander an Koffern und Körben zierte bald den Hausflur, während die Familie Walther unter Josephines lebhaften Erzählungen im Esszimmer Platz nahm und von Ida mit Kaffee und dem berühmten Nusskuchen versorgt wurde. Geschichten über Geschichten wurden ausgetauscht. In stillem Einvernehmen nickte sich das Ehepaar Walther zu, als die drei Schwestern einander ins Wort fielen und ihre Schilderungen lebhaft ausschmückten. Hin und wieder warf die Mutter eine Bemerkung ein, wohingegen sich der Vater zurückhielt und nur aufmerksam lauschte.

Die Karlsbader Erlebnisse konnten nicht an einem Tag erzählt werden, und so bekamen Helene und der Vater bis zum Schulbeginn Amüsantes über merkwürdige Kurgäste, über Tante Annegretes vermisste Brille, ihr verschwundenes Portemonnaie, ihren verlegten Sonnenschirm und dergleichen berichtet. Die mittlere Schwester hielt sich mit ihren Kommentaren bezüglich ihres Mallehrers dezent zurück, was jedoch nicht weiter auffiel, da sie munter über ihre Skizzen und fertig gestellten Werke sowie die anderen Teilnehmer der Sommerakademie plauderte.

Die obersten Blätter der Busch- und Baumpracht am Neckarufer färbten sich bereits rot, als die beiden jüngeren Töchter wieder die Schulbank drücken mussten. Eine frühherbstliche Kühle legte sich morgens auf die Wangen der zwei Mädchen, die mit blanken Augen und lustig fliegenden Zöpfen geschwinden Schrittes von der Olga- die Gartenstraße einbogen, um nicht zu spät zur ersten Stunde zu kommen.

Einerseits fiel das Wiedersehen mit den alten Realschulkameradinnen leicht. Da war Helenes kluge Banknachbarin Else, die in den Ferien mehrere Male mit Helene am Neckar spazieren gegangen war und ansonsten auf ihre unzähligen kleinen Geschwister aufpassen musste, während die Mutter den kranken Vater gepflegt hatte.

Auch Josephines braunhaarige Freundinnen Grete und Dora waren frisch aus Baden-Baden zurückgekehrt und immer zu einem Spaß bereit.

Andererseits erwartete die Mädchen der neue Lehrstoff über die Geschichte Württembergs, Schillers Balladen, Dreieckskonstruktionen und englische Übersetzungen. Widerwillig beugten sich der dunkle und der hell bezopfte Kopf des Nachmittags in der Olgastraße über französische Redensarten und die Berechnung von Oberflächen, schrieben Hölderlins Gedichte in Schönschrift ab und beantworteten Fragen zum Auftrieb eines Körpers in Wasser, so gut sie es vermochten.

Insgesamt fiel es der jüngsten Schwester nicht so leicht, sich neue Vokabeln einzuprägen oder Gedichte und Liedertexte auswendig zu lernen, weshalb sie immer länger über ihren Aufgaben saß als Helene. Letztere bedauerte die Kleine und half ihr, wo sie konnte, denn das Erklären, Abfragen und Unterstützen bereiteten ihr tatsächlich Freude – und Josephines Dankbarkeit war ihr gewiss.

Für Barbara war in diesem Schuljahr vorgesehen, dass sie einigen Privatstunden, die bei ihrer Freundin Susanna in der Haag-Gasse stattfinden würden, beiwohnen sollte. Dort würde Barbara zusammen mit Susanna und deren älterer Schwester Bettine in Gesang, Handarbeit sowie in Haushaltsführung unterwiesen werden. Die beiden Freundinnen sahen diesen Stunden mit Freude entgegen, denn auf diese Weise würden sie sich täglich sehen. Barbara und Susanna liebten die Kunstlieder des Wiener Komponisten Franz Schubert, der viel zu früh verstorben war, und würden nun genug Zeit haben, um einige davon richtig einzustudieren. Während Barbara, nachdem sie Walter Scotts „Lady of the Lake" gelesen hatte, für den Schubert-Zyklus „Fräulein vom See" schwärmte und sich an „Ellens dritten Gesang" wagen wollte, bevorzugte Susanna bekanntere Lieder wie „Am Brunnen vor dem Tore".

Neben ihrer Gesangsausbildung würden die drei Mädchen aber auch allerlei Nützliches erlernen, um später einem eigenen Hausstand vorstehen zu können. Kichernd berichtete Susanna von einem Verehrer ihrer älteren Schwester, der jede Woche einmal in der Haag-Gasse vorsprach und sich Hoffnungen machte, Bettine möge ihn endlich erhören. Gespannt beobachteten die beiden Jüngeren, wie Bettine nach allen Regeln der Kunst der Hof gemacht wurde, allerdings auch, wie der beharrliche junge Mann ein ums andre Mal hingehalten wurde, denn seine Angebetete konnte sich nicht dazu durchringen, dem Werben nachzugeben, da sie bei ihm Geist und Witz vermisste.

Dann und wann durfte Barbara bei Susanna übernachten, um sich den Hin- und Rückweg in die Olga-straße bei Regen oder Schnee zu ersparen. In diesen Nächten wurde erst spät geschlafen und stattdessen viel erzählt und gelacht, was die beiden Freundinnen sehr genossen.

Schon nach den ersten sonnenerfüllten Schultagen verschlechterte sich das Wetter zunehmend und so war Barbara öfter in der Haag-Gasse als zu Hause anzutreffen. Verfroren wanderten Helene und Josephine mit ihren Strickmützen auf dem Kopf, tief in ihre Wollmäntel vergraben, zum eckigen weißen Realschulgebäude am Pfleghof und wurden auf dem Wege dorthin völlig durchnässt. Das dürftige Feuer im Schulhaus vermochte es nicht, die tropfende Kleidung und aufgequollenen Schuhe der Kinder den Vormittag über gänzlich zu trocknen. Und so mussten die beiden Schwestern mittags ihre schweren, noch nassen Mäntel wieder überziehen, bevor sie sich durch den beständigen Nieselregen auf den Heimweg machten. Trübselig schweigend starrten sie unterwegs auf die braunen Neckarwellen, auf denen die Regentropfen zu tanzen schienen, bogen dann von der Gartenstraße in die Olgastraße ein und beschleunigten ihre nassen Schritte, als die Ligusterhecke vor dem Waltherschen Haus durch den feuchten Grauschleier zu erahnen war. Über Idas heiße Bohnen- oder Kartoffelsuppe freuten sie sich besonders, wenn sie mit triefender Nase am Mittagstisch Platz nahmen und eher verhalten von den Schulstunden berichteten.

An einem besonders kalten, windigen Regentag saß Josephine hustend neben ihrer Schwester auf der dunkelrot gepolsterten Bank im Esszimmer und hatte nach ein paar Löffeln bereits keinen Hunger mehr. Daher wurde dem Idchen aufgetragen, die Jüngste schnellstmöglich mit einem warmen Backstein ins Bett zu stecken. Auf diese Weise versuchte man, einer schlimmeren Erkrankung vorzubeugen.

Zur Sicherheit schickte man nach Medizinalrat Otto Vieroldt, dem Hausarzt der Familie und ehemaligen Schulfreund Ludwig Walthers. Er hatte Paula beigestanden, als Josephine vor nunmehr fünfzehn Jahren das Licht der Welt erblickt hatte und als der einzige Sohn im Frühjahr darauf tot geboren wurde, ein Schicksalsschlag, den die Mutter lange Zeit kaum verwinden konnte. Der Arzt war zu den drei kleinen Mädchen geeilt, als sie alle die Windpocken und später, schon als Schulkinder, die Grippe gehabt hatten, und freute sich immer, das Walthersche Mädchentrio zu sehen, das allmählich flügge wurde.

Als der korpulente Doktor mit seiner goldumrandeten Brille auf der Nase in den frühen Abendstunden in der Olgastraße eintraf, hatte sich der Husten der kleinen Patientin in ein Rasseln verwandelt, das zu großer Besorgnis Anlass gab. Mit seinem metallenen Hörrohr betrat der Arzt das gelbe Mädchenzimmer und auskultierte Josephines Brust und Rücken, wobei sein Gesichtsausdruck immer ernster wurde. „Die Lungen sind angegriffen", lautete Dr. Vieroldts Diagnose, „mit Antipyrin soll zunächst der Schleim gelöst werden."

Bange Gesichter blickten ihn an und die Frage nach einer längerfristigen Therapie und Heilung stand unbeantwortet im Raum.

Helene wurde auf ihr Zimmer geschickt, Barbara weilte noch in der Haag-Gasse, als die Eltern ihren Hausarzt in die gute Stube baten, um sich mit ihm zu beraten. Dr. Otto Vieroldt nahm schwer atmend im dunkelgrünen Ohrensessel Platz, überlegte einen Moment und setzte dann an zu sprechen. In der „Gartenlaube" habe er einen Artikel über Kinderheilstätten an deutschen Seeküsten gelesen. Der verehrte Professor Beneke habe an der Nordsee verschiedene Einrichtungen gegründet, um Kinder mit Atemwegserkrankungen durch die gute Seeluft zu heilen. Das Seehospiz „Kaiserin Friedrich" auf der Nordseeinsel Norderney sei etwa so alt wie Josephine selbst und habe eine stark gesundheitsförderliche Wirkung. Der Doktor schloss mit einer Empfehlung, die kleine Hustenpatientin an die Nordsee zu schicken, um dort in dem rauen Heilklima des preußischen Staatsbades zu überwintern und dadurch den Bronchialkatarrh auszuheilen.

Nachdem der Medizinalrat dem Insel-Seehospiz bezüglich der Unterbringung seiner Patientin telegrafiert hatte und rasch eine Zusage erhielt, war es schnell eine beschlossene Sache: Mutter Paula würde ihr Nesthäkchen nach Norderney begleiten und im Anschluss wieder allein in den Süden reisen. Unterwegs war ein mehrtägiger Besuch bei Mutters ältester Schwester Maria in

Stuttgart, die mit ihrem Gatten unweit des Hoppenlau-Kirchhofs wohnte, vorgesehen. Obwohl Tübingen und Stuttgart nur etwa drei Postkutschstunden voneinander entfernt waren, sahen sich die beiden Schwestern nur selten. Marias Mann Carl-Georg, baumlang und mit zupackenden Händen, war Fabrikant bei der Stuttgarter Firma Bosch und dort praktisch unabkömmlich. Die einzige Tochter Hedwig ging bereits auf die Dreißig zu, war mit Hugo Hornung, einem württembergischen Offizier, der selten zu Hause weilte, verheiratet und besuchte ihre Eltern daher recht häufig mit ihrer fünfjährigen Tochter und ihren beiden Söhnen, die zwei und vier Jahre alt und allerliebst waren. Marias einzige Enkel Hulda, Hans und Herbert waren ihr ganzer Stolz, und da Paula diese drei blondgelockten Engel, über welche Maria in ihren Briefen nur Gutes zu berichten hatte, bisher noch nicht kennenlernen durfte, ergab sich bei diesem Besuch die lang gesuchte Gelegenheit. So war Paulas Herz voller Vorfreude auf das Wiedersehen mit ihrer ältesten Schwester und deren Familie, aber auch voller Bangen, ob der Kuraufenthalt Josephines Gesundheit zuträglich sein würde.

Bis Münster würden die kleine Patientin und ihre Begleitung in verschiedenen Postkutschen reisen, ab da konnte man mit der Bahn bis nach Norddeich fahren. Danach gab es neuerdings Schiffe, die Reisende zur Insel übersetzten. Bis vor Kurzem war man noch auf Wagen angewiesen gewesen, die einen bei Ebbe durchs Watt bringen mussten. Dies würde Josephine und ihrer Mutter nun erspart bleiben. Dass die Kranke selbst nach der langen und beschwerlichen Reise von Karlsbad nach Hause so gar keine Lust auf eine neuerliche Fahrt hatte, war für ihre Eltern von keinerlei Relevanz. Josephine fürchtete sich gar davor, allein im Seehospiz bleiben zu müssen, umgeben von fremden Kindern, ohne ihre Schwestern, die sie sonst immer um sich hatte. Die Badekutschen, die sie in die Brandung bringen sollten, flößten ihr Respekt ein und vor dem kalten Meerwasser, in dem die Patienten auch im Winter zur Abhärtung baden sollten, hatte sie regelrecht Angst. Doch es half alles nichts, Josephines Bedenken fanden nirgendwo Gehör.

Eine fieberhafte Geschäftigkeit setzte ein, Koffer und Körbe wurden bepackt. Eine Näherin, ein geschicktes Ding mit munterem Mundwerk und flinken Fingern, das auf der südlichen Neckarseite wohnte, musste kommen und Josephines Kleider- und Mantelsäume auslassen, damit ihr diese Kleidungsstücke auch den Winter über passen würden. In aller Schnelle wurde ein neumodischer Badeanzug aus marineblauem, gewebtem Baumwollstoff genäht, der bis zu den Knöcheln reichte und den Josephine mit einem Stirnrunzeln quittierte. Vervollständigt wurde dieses Ensemble durch eine schwarze Badehaube aus gewachster Baumwolle.

Ein paar Schulbücher wurden für die Hustende eingesteckt, denn sie würde in ihrer Klasse viel Lernstoff verpassen. Der sporadische Unterricht im Seehospiz stand für die Gesundung der Kinder nicht an erster Stelle. Helene hatte der jüngeren Schwester ein paar braune Wollsocken vermacht, von Barbara bekam die Kranke einen warmen blauen Schal, den sie auch auf der mehrtägigen Fahrt tragen würde. Josephine wollte das Herz zerspringen, als sie daran dachte, wie lange sie ihre Lieben nun nicht sah! Die Socken und den Schal würde sie in Ehren halten und dabei immer an ihre großen Schwestern denken. Sie nahm sich vor, so oft wie möglich zu schreiben. Besonders schlimm war der Gedanke an das bevorstehende Weihnachtsfest, das sie fern der Heimat unter lauter Fremden begehen würde. Josephine fühlte, wie ihre Wimpern nass wurden. Wenn sie jetzt nachgab, würde sie gleich in Tränen baden. Doch sie wollte ihren Schwestern den Abschied nicht noch schwerer machen, und so nahm sie sich zusammen, blinzelte ein paar Mal, hüstelte und zwang sich dann zu einem halben Lächeln.

Endlich waren alle Vorbereitungen abgeschlossen, die Reisekutsche wartete vor der Waltherschen Ligusterhecke, deren winzige rotblaue Beeren halbherzige Farbkleckse im eintönigen Nebelgrau des Abreisetages darstellten. Ungeduldig scharrten die beiden Braunen mit den Hufen. Josephine wurde vom Kutscher ins Innere der Kalesche gehoben und von ihrer Mutter eilends in wärmende Decken gehüllt. Den blauen Schal der ältesten Schwester hatte sie sich um den Hals gewunden.

Der Vater stand mit seinen zwei ältesten Töchtern, die fröstelnd ihre Mantelkragen nach oben geschlagen hatten, vor dem weißen Gartentor und winkte der immer kleiner werdenden Kutsche mit dem verhallenden Hufschlag nach.

Welchen Effekt würde diese Nordseereise auf Josephines Gesundheit haben? Hatten Paula und er die richtige Entscheidung getroffen? Wie würde das Nesthäkchen die lange Trennung von der Familie verkraften? Wie lange es dauerte, bis seine Frau wieder nach Hause zurückkehrte, zumal sie auf der Heimreise ihre Schwester Maria Auerbach in Stuttgart zu besuchen gedachte! Und noch viel länger würde man sich gedulden müssen, bis Josephine den Heimweg antreten könnte!

Ludwig Walther wandte sich seufzend der breiten Haustür zu und hing seinen Gedanken nach, als er hinter seinen zwei Töchtern aus dem feuchten Nebel in die wohlige Wärme trat.

KAPITEL 4

Oktober 1900

In der Luft lag ein Geruch nach Salz und Algen, lange bevor Josephine die Nordsee zum ersten Mal zu Gesicht bekam. Auf den bräunlichen Wellen rollten weiße Schaumkronen heran, Möwen kreischten darüber hin. Ein frischer Wind fegte über den Bahnsteig, als der stämmige Gepäckträger, den Mutter Paula ausfindig gemacht hatte, die Körbe und Koffer Richtung Schiffsanlegestelle transportierte. Josephine zog sich ihre Wollmütze tiefer in die Stirn, als der stolze weiße Schiffsrumpf in ihrem Gesichtsfeld auftauchte. Die „Kaiserin Friedrich" würde sie also ihrer Heilkur näherbringen. Hoffentlich würde die Überfahrt nicht zu stürmisch werden! Die herbe, salzige Luft reizte die Bronchien, bemerkte die kleine Patientin. Von heftigem Husten geschüttelt betrat Josephine daher neben ihrer Mutter das Deck und ließ sich ohne Umschweife in eine Passagierkajüte führen, während das Gepäck in den dafür vorgesehenen Raum verfrachtet wurde.

Endlich konnte die Hustende wieder durchatmen und widmete sich der unbekannten Umgebung, die durch das Bullauge in einem großen Rund sichtbar war. Langsam entfernte sich die „Kaiserin Friedrich" von der Mole, auf deren Holzpfeiler unzählige weiße Möwenkörper auszumachen waren. Mit weit ausgebreiteten Flügeln schossen Vogelschatten über das Deck hinweg. Das Schiff hinterließ in der braungrünen See eine weiße Schaumspur. Am Horizont ging das Meer in einen grau verhangenen Himmel über, der von einem einzelnen hellblauen Streif durchbrochen wurde. Der Abstand zum Festland, dieser dunklen Uferlinie, wurde rasch größer und bald reichte die Nordsee, soweit Josephines Augen blicken konnten.

Hier und da begegneten der „Kaiserin Friedrich" auf ihrer Überfahrt einzelne Fischkutter, deren arbeitsame Fischer und herabhängende Netze das Mädchen interessiert betrachtete. Und endlich, nach über einer Stunde des Wartens und Dösens, machte Paula ihre Tochter auf die grünliche Insel aufmerksam, die allmählich immer deutlicher aus dem braunen Nass hervortrat: Norderney. Erst mussten noch die Inselspitze umrundet, Dünen und Deiche bestaunt werden, dann konnte man anlegen und an Land gehen!

Aufgeregt setzte Josephine ihre Füße auf den sandig-feuchten Boden und hielt ihr Näschen schnuppernd in die salzige Luft, die winzige Tröpfchen enthielt. Das war also die ostfriesische Insel Norderney! Hier würde sie die kommenden Monate verbringen. Mittlerweile war die Wolkendecke aufgerissen und ein freundliches hellblaues Stück Himmel hieß die Reisenden willkommen. Josephine war gewillt, dies als gutes Omen zu nehmen.

Sie setzte sich mit ihrer Mutter und einem dienstfertigen Mann mit dunkelblauer Mütze, der sich des Gepäcks annahm, in Bewegung, um die in einiger Entfernung wartenden Ponywagen zu erreichen. Rasch war man eingestiegen und mit lautem Hü und Hott ging es nun über den Deich und das Inseldorf mit dem herausragenden Klinkersteinkirchturm zum Seehospiz, wo die kleine Patientin heute erwartet wurde. Vor einem roten Backsteingebäude von imposanter Größe machte der Wagen Halt und entließ die beiden Damen, auch die Koffer und Körbe wurden herabgereicht und vor dem Eingangstor platziert. Durch dieses schritt die Mutter nun mit ihrer Jüngsten. Die Begrüßung durch die hellblonde Schwester Wiebke und die Einweisung durch die Frau Oberin mit spitzer Nase gestalteten sich kurz, dann war der Moment des Abschiednehmens gekommen. Paula herzte ihr Nesthäkchen und wurde kurz darauf schon von dem grauhaarigen Hospizleiter Dr. Enno Lührs, mit Goldbrille und weißem Kittel, in ein Gespräch verwickelt.

Währenddessen wurde das Mädchen in den angrenzenden Schlafsaal gebracht. Dort standen acht identische Betten in Reih und Glied, das letzte hinten in der linken Ecke wurde Josephine zugewiesen. Ihren Mantel samt Mütze und Schal hängte sie an den ihr vorbehaltenen Haken und folgte dann der lächelnden Schwester Wiebke, die eine ordentliche weiße Tracht trug, bis zum Speisesaal. Dort hatte sich eine laute Horde versammelt, mit der die Kranke die nächsten Monate verbringen würde, Kinder jeden Alters, von fünf bis achtzehn, schätzte Josephine.

An der Fensterseite saßen die Jungen und lärmten. Zur Rechten hatten die tuschelnden, kichernden Mädchen Platz genommen. Der Raum, der kranken Kindern vorbehalten war, pulsierte vor Leben, was Josephine recht erstaunte. Für die Neue, deren nixengrüner Blick über alle Anwesenden glitt, blieb ein freier Stuhl neben einer großen dünnen Gleichaltrigen mit wachen blauen Augen, die sich als Kristin Jensen aus Hamburg vorstellte. Dorthin schob die Schwester sie nun.

Wie durch ein Wunder wurde Josephine sofort von allen Seiten angesprochen und ausgefragt, es blieb keine Zeit, um an Mutters Abreise und das künftige Alleinsein zu denken. Aber allein war sie ja gar nicht mehr, sondern umgeben von anderen Kindern, die alle ihr Schicksal teilten. Dies war ein tröstlicher Gedanke. Eifrig beteiligte sich die kleine Tübingerin an den Gesprächen und wurde so, ohne es zu merken, Teil der Seehospizgesellschaft, die auf der heilbringenden Nordseeinsel überwintern würde.

In den ersten beiden Inselwochen bemühte sich Josephine, die täglichen Abläufe im Hospiz zu verstehen und zu befolgen. Zu Beginn durfte sie noch nicht einmal mit den anderen Patienten ans Meer. Es wäre ihrer Gesundheit nicht zuträglich, wenn sie sich gleich zu Beginn ihrer Kur einer geballten Ladung Seeluft aussetzen würde, meinte Dr. Lührs bei seiner ersten Untersuchung. Daher blieb Josephine, deren dunkelblonde Mähne sich in der straffen Brise aus dem fest geflochtenen Zopf löste und sie wie ein Schleier umflatterte, zusammen mit zwei anderen Neuen, einer Siebenjährigen und einem Zehnjährigen, auf die sie achten sollte, hinter den Dünen auf einer Decke sitzen. Alle drei waren warm angezogen und spielten zum Zeitvertreib „Ich sehe was, was du nicht siehst", was in einer Umgebung voller Sanddornbüsche, Strandhafer und Sand eine besondere Herausforderung darstellte. Schnuppernd hoben die Kinder ihre Nasen in die salzige Seeluft. Hier roch es nach Meer, nach Norden, nach Fremde! Aber es war nicht unangenehm, eher ungewohnt. Josephine war gewillt, sich auf ein Kurabenteuer auf dieser ostfriesischen Insel einzulassen.

Nach mehreren Tagen durfte die Tübingerin mit dem Ponywagen und den anderen Mädchen über den Damenpfad ins Watt hineinfahren. Ein tiefer Atemzug aus voller Brust – Josephine fühlte sich ausgelassen und frei und zum ersten Mal war sie froh, diesen Ort an der Nordsee kennenlernen zu dürfen, der schon dabei war, ihr ans Herz zu wachsen. Aus dem Inneren der Kutsche beobachtete sie, wie eine Patientin nach der anderen in dem eigens dafür aufgestellten Umkleidezelt verschwand, in ihrem Badekleid wieder erschien und rasch ihr Bad in der 12 °C kühlen See absolvierte. In Windeseile hatten sich die Mädchen in der Umkleide abgetrocknet und wieder warme Kleidung angelegt. Verwundert registrierte Josephine, dass die Kinder nach ihrem kalten Bad im Meer nicht zu husten anfingen, sondern erfrischt und fröhlich erschienen.

Als sich die Gesundheit der kleinen Württembergerin in der würzigen Seeluft dergestalt gebessert hatte, dass sie tagsüber praktisch hustenfrei war, durfte auch sie ihren marineblauen Badeanzug im Umkleidezelt anlegen und am ersten Badetag bis zum Knie, am zweiten bis zum Bauch, am dritten bis zur Brust und erst am vierten Tag ganz ins Wasser tauchen. Josephine erstarrte vor Schreck und Kälte, aber das befürchtete Zähneklappern ließ auf sich warten, stattdessen begann ihr Blut heftig zu zirkulieren. Beim Abtrocknen nach dem Bad wurde ihr auf wundersame Weise warm. Genau wie die anderen Kinder ließ sie diese tägliche Prozedur, die dann beim ersten Schneefall kurz vor Weihnachten eingestellt wurde, über sich ergehen, wohl wissend, dass es im Hospiz danach eine heiße Möhren- oder Erbsensuppe geben würde, die allen wunderbar schmeckte.

Mit Kristin Jensen hatte sich Josephine rasch angefreundet. Die beiden dunkelblonden Köpfe steckten ständig zusammen und hatten immer etwas zu tuscheln und zu kichern. Die neue Freundin erzählte von ihren Eltern, die im Hamburger Hafenviertel wohnten, da Vater Jensen Kapitän auf einer Bark war, die Waren vom Deutschen Reich ins Königreich Schweden und zurück transportierte. Vor einigen Jahren hatte Kristin während der Cholera-Epidemie all ihre Geschwister – fünf an der Zahl – bis auf das jüngste Schwesterchen, das damals noch nicht geboren war, verloren. Dieser Schicksalsschlag hatte Kristin praktisch über Nacht erwachsen werden lassen und ihr Gesicht ernster gemacht. Das Schwesterchen Stina war nun Kristins Ein und Alles und die Trennung von ihr machte ihr schwer zu schaffen, was Josephine sehr gut verstehen konnte, denn auch sie vermisste Helene und Barbara. Allerdings hatte sie in Kristin einen Menschen gefunden, der ihr fast so nahestand wie ihre großen Schwestern.

Die Weihnachtszeit auf Norderney war etwas ganz Besonderes für die Kinder des Seehospizes. Eisige Kälte umfing die lärmenden Wanderer auf den Spaziergängen quer über die Insel. Die weiß überzuckerten Dünen, aus denen Halme wie Igelstacheln hervorlugten, lagen malerisch in ihrer stillen Einsamkeit. Kleine Holzwege schlängelten sich durch den leicht beschneiten Sand bis hin zur weiten Strandebene, über welcher der verhangene Winterhimmel sich bis ins Unendliche ausdehnte. Hinter dieser ebenen Wattfläche bäumte sich die beinahe schwarze See mit reitenden grauweißen Schaumkronen auf, leckte sich ins Land und zog sich tosend wieder zurück. Josephines Herz tanzte mit den Wellen im Gleichklang, so sehr gefiel ihr diese winterliche Atmosphäre in der unbezwingbaren Natur.

Einmal erlaubte Dr. Lührs den Kindern, von der Marienhöhe auf die dunkle See hinabzublicken. Dabei stellte Josephine sich vor, wie der berühmte Dichter Heinrich Heine dort seine Gedichte verfasst hatte. „Ich liebe das Meer, wie meine Seele", hatte Heine vor knapp achtzig Jahren auf Norderney geschrieben. Die süddeutsche Hustenpatientin verstand vollständig, was er damit gemeint hatte. Auch sie hatte ihre Liebe für das Meer auf dieser flachen Insel im hohen Norden entdeckt und nahm sich vor, in ihrem Leben später immer wieder hierher zurückzukehren.

An den Adventssonntagen durften die großen Jungen und Mädchen, die wie Kristin und Josephine bereits konfirmiert waren, den Gottesdienst in der roten Inselkirche in der Kirchstraße, direkt am Luther-Denkmal besuchen. Diese Backsteingotik-Kirche beeindruckte ihre Besucher durch ihre schlichten geweißelten Wände und spärlichen roten Ornamente sowie die beiden imposanten Schiffe, die links und rechts vom Altar von der Decke baumelten. Josephine liebte die Atmosphäre voller Vorfreude auf das Christfest und zögerte nicht, als der Organist und Pfarrvikar Viktor Wildermuth, ein gutaussehender junger Mann mit ordentlich gescheitelten blonden Locken im dunkelblauen Anzug, sie bat, ihm die Noten umzublättern. So saß die kleine Tübingerin Sonntag für Sonntag neben dem ernsten Vikar, der seine hübschen blauen Augen unter den stark gewölbten hellen Brauen auf das Notenblatt richtete und sich nach jedem Adventsgottesdienst freundlich mit ihr unterhielt. Je öfter Josephine ihren Dienst in der Kirche versah, desto lieber wurden ihr diese Momente an dem brausenden Instrument mit den enormen Pfeifen neben dem Mann, der sein Leben in den Dienst Gottes gestellt hatte. Dabei hatte er ihr verraten, dass er sich zunächst als Musikphilosoph verstanden habe und erst danach begann, Theologie zu studieren. Viktor Wildermuth, gebürtig aus Hannover, war schon als Kind mit seinen Eltern ins Seebad Norderney gereist, da seine inzwischen verstorbene Mutter unter Atemwegsproblemen gelitten hatte. Für ihn stellte diese Nordseeinsel seine zweite Heimat dar und er hoffte, ihm werde später einmal ein Pastorat wie dieses zugewiesen.

Der dunkelblonde Zopf der aufmerksamen Zuhörerin wippte zustimmend und auch sie verriet ihm, woher sie kam, dass sie ihre Eltern und Schwestern vermisste und auch, dass sie gelernt habe, Geige zu spielen. Das wiederum brachte den jungen Vikar dazu, auf der Insel herumzufragen, ob nicht jemand eine Violine zu verleihen hätte.

Und siehe da, bald war eine in die Jahre gekommene Geige gefunden und an Josephine ausgehändigt. Neben dem vorweihnachtlichen Alltag im Seehospiz, den Vorbereitungen auf das Christfest, das den Kindern so angenehm wie möglich gestaltet werden sollte, und den inhalatorischen Spaziergängen auf dem Deich widmete sich der süddeutsche Kurgast nun voller Eifer dem Einstudieren verschiedener adventlicher Stücke, die Viktor Wildermuth hingebungsvoll auf der Orgel zu begleiten wusste. Josephine stand in ihrem braunen Kleid mit breitem Kragen auf der Empore, in der Hand Geige und Bogen. Welch eine Akustik diese zauberhafte Inselkirche besaß!

Auf die gemeinsamen Proben folgte meist von Seiten des Organisten noch eine Einladung auf eine Tasse Schietwettertee mit Kandiszucker im Kaminzimmer des Pfarrhauses. Dort bewohnte der blondgelockte Vikar während seines Norderney-Aufenthaltes ein Dachstübchen. Der Bitte, gemeinsam Tee zu trinken, kam Josephine immer gerne nach. Oftmals wurden diese Teestunden auch auf einen Plausch ausgedehnt. Dann und wann gesellte sich sogar der wettergegerbte alte Pfarrer der Inselkirche, Cassen Niehus, zu den beiden Plaudertaschen.

An Heiligabend durfte Josephine mit ihrer Geige eine Variation von „Ich steh an deiner Krippen hier", eine Hirtensinfonie sowie den Pachelbel-Kanon vortragen, wobei ihre Gedanken bei Helene weilten, die sie mit ihrer Violine sonst immer unterstützt hatte.

Trotzdem war der Weihnachtsgottesdienst in der Inselkirche mit Pastor Niehus' trockenem Humor, mit dem ostfriesischen Satz von „O du fröhliche" und dem andersartigen Klang der Lutherglocke für die kleine Geigerin fern von der Familie festlich und voller Freude. Neben den Briefen aus der süddeutschen Heimat war ein Notenbuch für Geige und Klavier, das ihr der Vikar mit dankbarem Blick aus seinen hübschen blauen Augen als Geschenk nach dem Orgelnachspiel überreicht hatte, Josephines schönstes Weihnachtsgeschenk.

Das Buch unterm Arm, wanderte das Mädchen, gefolgt von den anderen Stiefeln, Wintermänteln und Mützen, im leichten Schneegestöber in die stille Weite der Inselweihnacht hinaus, um mit der lustigen Seehospiz-Gesellschaft ein ungewöhnliches Christfest zu feiern, das jedem für immer in Erinnerung bleiben würde. Der nachtschwarze Himmel war mit unzähligen Glitzerpunkten bestickt, die durch den Flockenwirbel hindurch funkelnd auf die Kinder hinabschauten. Für jedwedes von ihnen war die Familie an diesem Feiertag unerreichbar, und dennoch konnte der weihnachtliche Inselfriede in alle Herzen einziehen.

März 1901

Mitte März gab es erste Anzeichen für eine baldige Rückkehr des Frühlings. Die Zeit der Sturmfluten war vorüber, die heftigsten Winde hatten sich gelegt. Birken und Erlen ließen ihre ersten grünen Spitzen erahnen. Auf ihrem Vogelzug Richtung Norden konnte man in der Düneneinsamkeit sogar Gänse und Kraniche beobachten, die auf Norderney einen Zwischenhalt einlegten.

Josephine, Kristin und zwei weitere Mädchen, mit denen sie sich während des langen Inselwinters angefreundet hatten, genossen die Spaziergänge in der die Sinne belebenden Dünennatur. Der Wind zerrte an den Kleidern und Kopftüchern, als melde er ein Recht darauf an, und jagte die grauweiß gezackten Wolkenfetzen über den fahlen Himmel, welcher am Horizont in einer Umarmung der aufgewühlten bräunlichen Nordseewellen versank. Die frische Seeluft strömte in die Bronchien der Gesundeten, die jedes Mal aufs Neue dem herben Reiz der rauen See erlagen. Dann und wann ging ein Sprühregen auf die einsamen Spaziergängerinnen nieder, die dann rasch den Rückweg durch den wogenden Strandhafer antraten und sich an der Pforte des Hospizes die feinen feuchten Sandkörner aus den geröteten Gesichtern und tränenden Augenwinkeln wischten.

Begierig wurden Ende des Monats März die wenigen vorfrühlinghaften Sonnenstrahlen von den kleinen Hospizgästen aufgesogen. Die Temperatur des Nordsee-wassers betrug nach Ende des Winters nun wieder 9 °C. Mit strenger Stimme hatte Dr. Lührs verfügt, dass die Bäder der Kinder fortgesetzt werden sollten. Alle fügten sich der Order des Hospizleiters, nur Kristin wider-sprach vehement. Sie fühle sich nicht wohl und wolle daher nicht im kalten Meer baden. Rasch wurde Fieber gemessen, doch bei Kristin schien alles in Ordnung zu sein. Daher zwang die sonst so freundliche Schwester Wiebke alle Kinder, sich dem Bad im Meerwasser zu un-terziehen. Für Kristin würde keine Ausnahme gemacht.

Unter lautem Protest wurde das unwillige Mädchen in die Fluten getunkt, herausgeholt, abgerubbelt und in warme Sachen gesteckt. Doch am Abend glühte Kristins Stirn – nun hatte sie doch Fieber: über 40 °C! Schnell wurden Wadenwickel gemacht, kühle Kompressen auf Stirn und Handgelenke gelegt, aber es half alles nichts, am nächsten Morgen sprach das Kind im Delirium.

Man hatte Josephine erlaubt, sich dem Krankenlager der Kameradin zu nähern, und nur sie verstand, dass Kristin mit ihren an der Cholera verstorbenen Geschwis-tern sprach. Hilflos sagte die kleine Württembergerin am Krankenlager das Vaterunser auf, denn die Hambur-ger Patientin war nun nicht mehr ansprechbar. Das zum Fiebersenken übliche Medikament Antipyrin zeigte bei Kristin keinerlei Wirkung und am späten Abend hörte der ermattete Körper auf zu kämpfen.

Fassungslos stand Josephine am Totenbett ihrer Freundin, dann kamen die Tränen und wollten nicht mehr versiegen. Die ganze Nacht über zermarterte sie sich auf ihrem nassen Kopfkissen das Hirn: Wieso hatte Gott zugelassen, dass dieses junge Leben beendet wurde? Wieso nahm er Kristins Eltern auch dieses Kind, wieso nahm er Stina die einzige Schwester?

In ihrer unendlichen Trauer bat Josephine am nächsten Morgen darum, in der Inselkirche beten zu dürfen, und ihre Bitte wurde bewilligt. Schwer setzte sie einen Fuß vor den anderen, bis sie vor den sandigen Stufen des roten Gotteshauses stand. Aus dem Inneren hörte sie ein Auf- und Abrauschen von Orgelklängen. Sie drückte die Klinke herunter, trat ein und setzte sich still in die erste Kirchenbank. Mit gesenktem Kopf betete sie inbrünstig darum, dass Kristin ihren Frieden finden und ihre Familie den Verlust verkraften möge. Unbemerkt waren die letzten Orgeltöne verklungen und mit verquollenen Augen blickte sie auf, als Viktor Wildermuth plötzlich vor ihr stand. „Auch uns Theologen fehlen manchmal die richtigen Worte", begann er, doch dann nahm er Josephine ganz fest in die Arme und darin lag mehr Trost als jeder Spruch, als jede Äußerung. Er bot ihr Halt in ihrer grenzenlosen Traurigkeit.

Später, Tage nach der Beerdigung, war der Moment des Sprechens gekommen. Behutsam begleitete der ernste junge Mann das trauernde Mädchen durch die Zeit des Kummers.

Als etliche Wochen verstrichen waren und Josephine mittlerweile jeden Norderneyer Winkel erkundet hatte, neigte sich ihre Heilkur allmählich ihrem Ende zu. Von der Marienhöhe blickte das Mädchen hinunter auf den sanft abfallenden Deich, auf das breite Band des Sandstrandes und das dahinter liegende, sich endlos erstreckende dunkle Meer. Norderney würde für Josephine auf ewig unvergessen bleiben.

Viktor sagte zum Abschied, er würde die gemeinsamen Stunden des Musizierens und Teetrinkens vermissen, und versprach, nach Tübingen zu schreiben.

Als an Christi Himmelfahrt Onkel Georg mit fröhlich schwenkender Mütze auf das Eingangsportal des Seehospizes „Kaiserin Friedrich" zuschritt, um seine jüngste Nichte nach Hause zu holen, konnte Josephine ihm tatsächlich entgegenlächeln.

KAPITEL 5

Mai 1901

Im Waltherschen Hause war um Pfingsten wieder Normalität eingekehrt. Im Garten hatten die zartrosa Pfingstrosen pünktlich zum Fest ihre kugelrunden Blütenköpfe geöffnet und betörten nun mit ihrem Duft jeden, der sie bewunderte.

Zufrieden nickend saß Mutter Paula am Pfingstsonntag nach dem Kirchgang in der guten Stube an ihrer Stickerei und blickte über die drei Mädchenköpfe hinweg, die sich ebenfalls über ihre Handarbeiten beugten. Währenddessen raschelte Vater Ludwig beim Umblättern mit den Seiten seiner „Gartenlaube". Da war ihr Mädchentrio wieder vereinigt! Josephine hatte an der Nordsee einen Wachstumsschub getan und war nun ebenso groß wie Helene. Nur Barbara überragte die beiden Kleineren um einige Zentimeter.

Paulas Augen fanden den silbernen Teller, auf dem das treue Idchen immer die eingegangene Post ablegte. Zuoberst lag ein Brief ihrer jüngsten Schwester Julie, die mit ihrem Mann, einem blassen englischen Jura-Professor namens Robert Cross, und ihren zwei kleinen Söhnen in London lebte. Der Stickrahmen wurde beiseitegelegt und der Brief noch einmal zur Hand genommen. Lächelnd las Paula, dass King Edward VII im Juni in der

Westminster Abbey gekrönt werden würde. Weiterhin erfuhr Paula, dass ihre Schwester zu dieser Zeit ihr drittes Kind erwartete, aber auch, dass Julies Schwangerschaft sehr beschwerlich war und sie sich mehr Hilfe und Unterstützung wünschte, als ihr im Hause Cross zuteilwurde.

Nachdenklich wiegte Paula ihren Kopf hin und her, dann begann sie, diesen Abschnitt aus Julies Schreiben der gesamten Familie laut vorzulesen. Wie erwartet, reagierte ihr Mann auf die Zeilen aus London und schlug vor, eines der drei Mädchen nach England zu schicken, um Tante Julie dort mit dem Wickelkind zur Hand zu gehen. Zustimmend nickte Paula, denn sie hatte schon länger darüber nachgedacht, wie man Barbara weiter fördern könnte. Die Privatstunden in der Haag-Gasse waren natürlich ein sinnvoller Zeitvertreib für ihre Älteste, aber eine Reise war der Bildung noch viel zuträglicher, insbesondere wenn dadurch die Fremdsprachenkenntnisse vertieft werden konnten. Helene und Josephine warfen ihrer großen Schwester beinahe neidische Blicke zu. Diese verhielt sich zunächst ruhig, doch als der Gedanke, die Hauptstadt des englischen Königreiches zu Gesicht zu bekommen, langsam Gestalt annahm, begann Barbara von innen heraus zu strahlen:

„Ist das wirklich wahr? Darf ich Tante Julie und Onkel Robert in London besuchen?"

Die Eltern nickten beide und drückten dadurch ihr Wohlgefallen an dem Plan aus.

Natürlich war eben erst das Nesthäkchen von der Nordsee zurückgekehrt, doch nun bot sich die Gelegenheit, gleichzeitig Julie zu helfen und Barbara etwas Wissen angedeihen zu lassen, da musste man einfach zugreifen!

Gesagt, getan! Einen knappen Monat später, als der Sommer mit Macht Einzug hielt in Tübingen, befand sich die älteste Walther-Tochter in Begleitung eines Familienfreundes und dessen Gattin, die in England neue Geschäftskontakte knüpfen wollten, bereits mitten in London an der Gloucester Avenue. Diese kreuzte sich mit der Regent's Park Road und gab hinter ein paar hohen Pappeln den Blick auf die Villa der Familie Cross frei, deren Freitreppe im italienischen Stil ausladende Stufen bis zur massiven Eingangstür darbot. Übermüdet, aber doch beeindruckt stieg Barbara aus der Postkutsche, rückte sich ihr keckes Reisehütchen, das farblich auf ihr tannengrünes Reisekleid abgestimmt war, auf ihren hellbraunen Locken zurecht, schluckte ihre Aufregung hinunter und ging gespannt die Treppe hinauf. Kaum hatte sie den messingfarbenen Klopfer betätigt und aus den Augenwinkeln gesehen, dass ihr Gepäck vom Kutscher abgeladen worden war, öffnete ein Dienstmädchen in weißer Schürze und Spitzenhäubchen die Tür und fragte überaus höflich: „May I help you?" Nun waren Barbara ihre Englischkenntnisse von Nutzen und sie schaffte es, sich vorzustellen und wurde eingelassen.

In der breiten marmornen Eingangshalle begrüßten sie nach kurzer Wartezeit freundlich Onkel Robert und ihren beiden kleinen Cousins Ernest und Edward in ihren Matrosenanzügen. Im Speisesaal erwartete den Gast aus Deutschland ein Five o'clock Tea. Zum Schwarztee, der aus feinen weißen Porzellantassen mit dem aufgemalten Wappen der Crosses getrunken wurde, gab es Weißbrotscheibchen mit Kresse und Gurken, die köstlich schmeckten. Zunächst holperte Barbara über ihre ersten englischen Sätze, doch mit der Zeit fiel die Nervosität von ihr ab und sie schlug sich ganz passabel. Der fünfjährige Edward, benannt nach dem künftigen König, konnte nicht lange stillsitzen, und so durfte er sich mit seinem ein Jahr älteren Bruder und dem Kindermädchen Judith, einem bezaubernden blonden Geschöpf mit einem pausbäckigen Lächeln wie ein Engel, entfernen, um im Kinderzimmer mit den Zinnsoldaten zu spielen.

Von Onkel Robert erfuhr Barbara, dass Tante Julie vor drei Tagen einem kleinen Mädchen das Leben geschenkt hatte, dessen Name Eliza lautete. Die frisch gebackene Mutter sei von der Geburt noch sehr geschwächt und schlafe gerade, daher könne Barbara ihr erst am nächsten Morgen ihre Aufwartung machen.

Das beflissene Dienstmädchen Mary, welches ihr auch die Tür geöffnet hatte, brachte sie nun zu ihrer Schlafkammer, einem sauberen, kleinen, aber hellen Raum mit Blick auf die im Wind säuselnden Pappelkronen vor dem Haus. Barbara wusch sich ihr Gesicht in der bereitstehenden Waschschüssel, zog sich die Haarnadeln aus den Wellen, sank auf ihr Gästebett und war innerhalb von Sekunden eingeschlummert.

Die ersten Londoner Tage waren von einer Gemächlichkeit, die einer Großstadt wie dieser widersprach, doch Barbara hatte alle Zeit der Welt, das Neugeborene zu bewundern, ausgiebig mit Tante Julie zu plaudern, das Abendessen mit Onkel Robert im Salon einzunehmen und untertags die kleinen Cousins zusammen mit dem Kindermädchen in den Regent's Park zu begleiten, um dort die Enten und Schwäne zu füttern. Dieser lichte Park, dessen hohe Baumkronen etwas Schatten warfen, aber dennoch sonnige Stellen ließen, hatte es der Tübingerin angetan. Des Nachmittags spazierte sie auch gerne allein dorthin, um sich neben duftenden weiß-gelben Rosenrabatten auf einer Parkbank gemütlich ihren Englischstudien in Form von Roberts knisternden Seiten des „London Evening Standard" vom Vortag zu widmen. Hier fand sie jede Menge interessanter Fakten und zugleich zahlreiche neue Wörter, die sie sich einzuprägen versuchte.

Am Ende dieser Woche bummelte Barbara wieder durch das helle Grün, sah neben sich die blanke Wasserfläche des Boating Lakes, in dem sich der sommerlich blaue Himmel mit seinen Schäfchenwolken spiegelte, und schritt gemütlich hinüber zu den Stallungen, die sie besonders interessierten. Unbeachtet vom Stallburschen, der, eine Pfeife im Mundwinkel, ein kleines

Schläfchen zu halten schien, stahl sich das Mädchen ins Innere des Gebäudes, wobei der Riegel der Holztür von innen wieder sorgfältig geschlossen wurde. Nun konnte Barbara, nachdem sie die Sattelkammer passiert hatte, sich in aller Seelenruhe die wunderbaren Pferde ansehen, die in ihren Boxen mit den Hufen scharrten.

„Sleeping Beauty" stand auf einer Tafel und hinter den Metallgittern streckte der Besucherin ein neugieriger weiß-brauner Pferdekopf seine Nüstern entgegen. Neben dieser keineswegs schlafenden Schönheit stand ein Rappe namens „Black Duke" in seiner Box, der aufgeregt wieherte und sogar begann auszuschlagen. Diese Unruhe schien sich auf die anderen Tiere zu übertragen, denn das Schnauben und Zähneblecken nahm kein Ende. Barbara konnte kaum klar sehen, so sehr wirbelten die Pferde den Staub auf.

Doch dann meinte sie plötzlich, Rauchgeruch in der Nase zu haben. Woher der wohl kam? Neugierig und gleichzeitig leicht beunruhigt trat die Deutsche den Rückzug an, nur um festzustellen, dass Flammen und eine heftige Rauchentwicklung aus Richtung der Sattelkammer ihr den Weg zurück abschnitten. Panik machte sich breit. Halbblind und hustend stolperte das Mädchen an den Pferden vorbei und begann „Hilfe" zu krächzen, zu mehr war ihre Stimme nicht mehr in der Lage. Irgendwo musste es doch einen weiteren Ausgang geben! Die Tiere spielten nun alle verrückt und von draußen drangen Stimmen an Barbaras Ohr – das Feuer war also bemerkt worden. Unglücklicherweise befand sich jede Menge Stroh in den Stallungen, wodurch den züngelnden Flammen immer neue Nahrung geboten wurde. Das Holzdach ächzte und ein Dachbalken stürzte herab, allerdings konnte die Bedrängte nichts sehen, nur das donnernde Geräusch orten. Sie hielt sich ihr Taschentuch vors Gesicht und äußerte, so laut sie konnte, „Hilfe! Help!", während sie langsam auf die Knie sank. Ein Schatten bewegte sich gespenstisch durch den beißenden Rauch und hielt sie fest, bevor sie vollständig zu Boden gleiten konnte. Sie blickte in ein besorgtes braunes Augenpaar mit goldenen Sprenkeln unter einer blonden Haarsträhne, dann sah sie, dass der helle Anzug des jungen Herrn Feuer gefangen hatte, und wurde ohnmächtig.

Als Barbara ihre Augen wieder aufschlug, lag sie in einem weißen Krankenhausbett. Ihre Kehle war wie ausgedörrt und sie konnte nur mit Mühe schlucken. Es roch streng nach Karbol und hinter den hellen Bettvorhängen vernahm sie leises Stöhnen und Gemurmel. Wo war sie nur?

Die herbeieilende Schwester informierte sie darüber, dass sie sich im St. Catherine's Hospital am Regent's Park befinde und das Feuer in den Stallungen mit einer leichten Rauchvergiftung überlebt habe. Barbara bat mit angestrengter Stimme darum, dass man Robert Cross in der Regent's Park Road über ihren Verbleib informieren möge.

Etwa eine Stunde später stand der blasse Onkel selbst am Krankenbett und überzeugte sich davon, dass seiner Nichte aus Deutschland nichts Gravierendes zugestoßen war. Er war es auch, der sie darüber in Kenntnis setzte, dass die Pferde weitgehend unverletzt waren und dass ihr Lebensretter mit einem bandagierten Arm, der seine Brandwunden verbarg, in der Vorhalle darauf wartete, zu ihr gelassen zu werden. Barbaras rehbraune Augen wurden groß und rund, als sie dies hörte. Natürlich dürfe er sie besuchen, beeilte sie sich ihrem Onkel zu versichern.

Damit trat Robert, bleich und in Eile, den Heimweg an und ein blonder junger Mann mit Backenbart und ausdrucksstarken braunen Augen schritt den Gang entlang auf Barbaras Bett zu. Zunächst stellte sich ihr Retter als Samuel Vines vor, Sohn des Präsidenten der Londoner Linné-Gesellschaft und Botaniker wie sein berühmter Vater. Beeindruckt schüttelte Barbara die unverletzte Hand des attraktiven Biologen und schämte sich ihrer unzureichenden Sprachkenntnisse, als sie kurz auf Englisch stammelte, wer sie war und woher sie stammte. Doch Samuel schien Gefallen an ihr gefunden zu haben. Er zog sich einen Hocker aus der Zimmerecke heran und verstrickte das schüchterne Mädchen in ein interessantes Gespräch über Reisen quer durch Europa. Dabei kamen seine botanischen Kartierungen an der Côte d'Azur und auf der Peloponnes ebenso zur Sprache wie Barbaras Reisen in die Sommerfrische nach Karlsbad zu

Großtante Annegrete und als Kind nach Zürich zu Onkel Alois, dem Textilfabrikanten, und dessen Familie. Samuel freute sich zu hören, dass Barbara Verwandte in London hatte und dass Robert Cross ein King's College-Professor für Jura am Strand-Campus war, denn Samuels jüngerer Bruder Howard studierte im Moment just an jenem College Mathematik. Dann gab es noch Samuels Schwester Jessie, benannt nach der Großmutter väterlicherseits, die zu Hause unterrichtet wurde. Der jüngste Spross der Vines, Percy, hatte eher eine literarische Ader, war allerdings noch Schüler und daher zu jung für eine Universitätskarriere. Munter floss das Gespräch dahin und nebenbei erfuhr Barbara, dass Samuel für die Linné-Gesellschaft als Mitautor des botanischen Journals tätig war und hin und wieder gerne eine Forschungsreise zur Kartierung der europäischen Flora unternahm.

Als die Krankenschwester die Konversation zum Fiebermessen unterbrach und den blonden Mann auf das Ende der Besuchszeit hinwies, waren die beiden jungen Leute überrascht, wie schnell die Zeit verflogen war. Lächelnd verabschiedete sich Samuel und versprach, das Krankenhaus am kommenden Tag wieder aufzusuchen.

So verging der Aufenthalt Barbaras im Hospital wie im Fluge, denn jeden Nachmittag gegen fünf Uhr erschien ihr mutiger Retter und die Unterhaltung floss geistreich wie vergnüglich dahin. Untersuchungen hatten ergeben, dass das Feuer in den Stallungen entstanden war, als einem Stallknecht seine Pfeife ins Stroh gefallen war und sofort alles in Brand setzte. Barbara erinnerte sich an den schlafenden Burschen mit dem Pfeifchen, an dem sie sich vorbeigeschlichen hatte. Froh, einem größeren Unglück entronnen zu sein, betrachtete sie ihren Besucher, welcher ihr von Tag zu Tag besser gefiel.

Auch wenn Samuel nicht bei ihr war, träumte Barbara von ihm. Immer wieder durchlebte sie die Momente in den Stallungen, wie sie dabei war, zu Boden zu sinken. Sein starker Arm, sein durchdringender Blick – ach, wie froh war sie, dass er zu ihrer Rettung in der Not herbeigeeilt war! Sie konnte sich das Kastanienbraun seines Augenrunds und die federweichen blonden Backenbarthaare vergegenwärtigen. Wie seine Locken sich widerspenstig in alle Richtungen reckten, brachte sie zum Lächeln. Und wie ihr Held sie ansah, wenn er mit ihr sprach, das ging ihr durch und durch!

Endlich holte Onkel Robert die Genesene persönlich ab, verfrachtete ihre wenigen Habseligkeiten in eine Droschke und brachte sie in die Regent's Park Road, wo sie stürmisch von Ernest und Edward begrüßt wurde. Auch Tante Julie und Judith, den schlafenden Säugling im Arm, erschienen, um die Zurückgekehrte in Augenschein zu nehmen. Alle waren erfreut und beruhigt, dass es Barbara bestens zu gehen schien.

Am folgenden Tag erschien der junge Mister Vines in der Villa der Crosses und erbat von Onkel Robert die

Erlaubnis, Barbara umwerben zu dürfen. Nachdem der Onkel in Erfahrung gebracht hatte, dass Samuel seinen Lebensunterhalt als Biologe durchaus passabel bestritt und der Sohn des berühmten Oxforder Botanik-Professors Sydney Vines war, der in einem weitläufigen Gebäude in der Oxford Street residierte, war der Lebensretter ein gern gesehener Gast bei den Crosses. Barbara errötete jedes Mal, wenn der junge Mann sie länger als nötig musterte. Einerseits war sie zu schüchtern, um ihn zu einem Blickduell herauszufordern, andererseits wünschte sie sich, er möge sie ewig so ansehen.

Julie und Robert baten Samuel dann und wann, ihnen beim Abendessen im Salon Gesellschaft zu leisten. Die Angestellten Judith und Mary warfen dem gutaussehenden jungen Mann schwärmerische Blicke zu und beneideten Barbara um ihren Verehrer. Wer konnte sich schon rühmen, die Aufmerksamkeit eines jungen Mannes zu erregen, der mit seinem blonden Schopf die gesamte Damenwelt dazu brachte, ihm hinterher zu sehen? Klug war er obendrein! Und seinen Lebensunterhalt verdiente er nicht schlecht! Barbara hatte es wirklich gut getroffen! Selbst die schmalen Kindergesichter Edwards und Ernests fachsimpelten mit dem Gast begeistert über Armbrust und Steinschleuder, was die anderen Erwachsenen mit einem Lächeln quittierten.

Und so kam Barbara, die sich tagsüber mit Hingabe dem entzückenden Kleinkind widmete, das mit wachen blauen Augen aus einem pausbäckigen, von einem

Spitzenhäubchen umgebenen Gesichtchen in die Welt blickte, doch noch in den Genuss einer Führung durch London. Mit einem Einspänner holte Samuel seine Angebetete in der Regent's Park Road ab und kutschierte sie vorbei am Buckingham Palace und am Tower, an der St. Paul's Cathedral und diversen Parks. Schließlich besichtigte er mit ihr die beeindruckende Westminster Abbey, in der für Juni die pompöse Krönung King Edwards VII, der von den Engländern „Bertie" genannt wurde, geplant gewesen war.

Da der König wenige Tage vorher am Blinddarm operiert werden musste, hatte man die Zeremonie, die das ganze Land mit Spannung erwartete, auf den 9. August verschoben. Natürlich fanden sich auch die Crosses und Vines unter den winkenden Zuschauern, als die prachtvolle goldene Kutsche, von unzähligen Reitern in Uniform eskortiert, zur Westminster Abbey fuhr, wo der Erzbischof von Canterbury die Krönung vornehmen würde. Barbara wurde Samuels Eltern, dem berühmten Professor Sydney Vines und seiner Frau Catherine, vorgestellt, unter deren strengem Blick sie kaum zu atmen wagte. Auch die Geschwister Howard, Jessie und Percy waren zugegen. Während Barbara die beiden Brüder recht nett fand, kam ihr die Schwester, eine atemberaubende brünette Schönheit, welche jedoch schnippisch wirkte und sich rasch abwandte, etwas hochnäsig vor. Als Barbara die schnittigen Reiter und Fußsoldaten auf der Straße und aus den Augenwinkeln die Familie Vines betrachtete, hörte man aus der Ferne die Salutschüsse aus dem Hyde Park, die der Londoner Bevölkerung das bedeutungsvolle Ereignis verkündeten: Englands neuer König war gekrönt!

Zur Feier des Tages wurden auch die Vines von Onkel Robert in den Salon der Crosses gebeten, wo perlender Schaumwein serviert wurde. Alle strahlten, denn von diesem König erhoffte man sich eine Fortsetzung der erfolgreichen viktorianischen Ära, die im Januar mit dem Ableben der Königin abrupt beendet worden war. Barbara vermutete, dass Percys und Jessies Strahlen vor allem dem Schaumweingenuss geschuldet war, und musste in sich hineinlächeln.

Der Sommer glitt hinüber in einen prachtvollen Herbst, der das Laub im Regent's Park bunt färbte. Barbara schob den weiß bespannten Kinderwagen, in dem Eliza fröhlich gluckste, unter den hohen Bäumen den Weg entlang, während Judith den beiden Jungen folgte, die sich seitlich ins Gebüsch schlugen, um Räuber und Gendarm zu spielen. Mittlerweile kannte die Deutsche etliche Viertel der britischen Hauptstadt, wobei ihr die Docks und das Gesindel im Londoner Hafenviertel etwas unheimlich waren. Camden, Westminster und besonders die Oxford Street, in der die Familie Vines logierte, gefielen ihr außerordentlich gut. Dort war immer ein reges Treiben auf der Straße, Kutsche reihte sich an Kutsche, und doch lag der St. James's Park um die Ecke, der zum Verweilen einlud.

Könnte sie sich eine Zukunft an Samuels Seite vorstellen? Vater und Mutter, die Schwestern und Freundinnen, ja Tübingen verlassen? Würde sie ein Alltag in London glücklich machen? Wäre es möglich, die Muttersprache durch Englisch zu ersetzen? Immerhin gäbe es noch Tante Julie, mit der sie immer deutsche Erinnerungen austauschen könnte. Und schließlich war ja Württemberg nicht aus der Welt! Man würde sich besuchen können! Barbaras Blick fiel auf ihre winzige Cousine im Kinderwagen. Es wäre das größte Glück auf Erden, selbst ein Kind zu haben! Das stellte sie sich wunderbar vor! Also würde sie „Ja" sagen, falls Samuel sie fragte, ob sie seine Frau werden wolle, oder? Hatte sie alles bedacht? Die Gedanken überfielen Barbara von allen Seiten. Diese Entscheidung musste wohlüberlegt sein!

An einem Septembersonntag, an dem die gewaltige Herbstsonne immer wieder keck hinter der Wolkenwand hervorlugte, unternahm Samuel mit Barbara einen Bootausflug auf dem Boating Lake im Regent's Park. Ein ganzes Vogelkonzert begleitete die beiden von den hohen Pappeln und Birken am Seeufer, die langsam ihr Herbstkleid annahmen.

In seinem hellen Anzug sah ihr blonder Verehrer ganz famos aus, fand das Mädchen. Beim Rudern wurde ihm warm, da zog er seine Jacke aus und krempelte seine Hemdsärmel hoch. Besorgt begutachtete Barbara die roten Narben, die die Brandmale aus den Stallungen auf seinem Arm hinterlassen hatten. Die braune Nussschale, deren Name „Hope" lautete, schaukelte gemütlich auf den wenigen vorhandenen Wellen, welche die Wasseroberfläche kaum zu kräuseln vermochten. Zwei weitere Boote glitten in der Ferne vorüber.

Samuel legte eine Ruderpause ein, räusperte sich und blickte Barbara direkt ins Gesicht. Ihr fielen abermals die goldenen Sprenkel auf, die seine braune Iris umgaben, und sie bemerkte, dass er nervös wirkte. Freundlich abwartend saß sie in ihrem weißen Kleid auf der Ruderbank, den Sonnenschirm langsam drehend. Ihr Blick wanderte von Samuel zum Gelb der umstehenden Baumwipfel und deren Abglanz auf der Wasseroberfläche und wieder zurück zu ihm. Er schluckte, räusperte sich, schluckte wieder und stammelte dann: „Barbara, Darling, do you want to marry me?"

Ob sie ihn heiraten wollte? Nun war der Moment gekommen, den sich das Mädchenhirn so oft ausgemalt hatte! Wollte sie? Während sie noch über die Bedeutung ihrer Antwort nachdachte, zog er einen schmalen Goldring mit einem kleinen Diamanten aus seiner Hemdtasche, der in der Sonne funkelte. Gerührt betrachtete sie den Mann vor sich, mit dem sie sich tatsächlich vorstellen konnte, ihr Leben zu verbringen, und hauchte ihm ihr „Yes" zu. Schon streifte er ihr den Ring über. Nun war sie also mit ihrem Liebsten verlobt! Barbaras Herz klopfte aufs Heftigste, als er sich zu ihr beugte und seine Lippen die ihren fanden. Das fühlte sich richtig an! Mit ihm wollte sie den Rest ihres Lebens verbringen! Große

Freude überflutete sie wie eine Woge und so küssten sie sich lange und innig.

Als später in der Regent's Park Road mit dem Ehepaar Cross auf das Verlöbnis angestoßen wurde, strahlte Barbara von innen heraus. Julie schrieb noch am selben Abend an ihre Schwester Paula, dass ihre Älteste die richtige Entscheidung getroffen hatte, dass Samuel gut zu seiner Zukünftigen passe und sie glücklich mache.

In der Oxford Street dagegen stieß die Bekanntgabe der Verlobung bei den weiblichen Familienmitgliedern, Catherine und Jessie, auf Skepsis. Wieso in aller Welt wollte Samuel eine Frau aus Württemberg heiraten, wo es doch in London so viele geeignetere junge Damen gab? Mutter Catherine hatte schon einige Mädchen aus gutem Hause als mögliche Schwiegertöchter auserkoren und verbarg ihre Enttäuschung über diese unscheinbare Deutsche nicht, die in ihre Familie einheiraten würde. Da jedoch der Vater Sydney seinen Erstgeborenen voll unterstützte und seine Wahl guthieß, musste diese Entscheidung eben akzeptiert werden.

Barbara und Samuel beschlossen, jetzt im Herbst gemeinsam nach Tübingen zu reisen. Die künftigen Schwiegereltern Walther sollten ihn kennenlernen. In Barbaras Heimat würde auch, wie es die Tradition verlangte, die Hochzeit der beiden stattfinden. Die Planungen für die Feier würde das Brautpaar zusammen mit Barbaras Eltern betreiben. Gegen eine Hochzeit im Winter, im malerisch verschneiten Tübingen hatte die strahlende Braut überhaupt nichts einzuwenden.

Für die württembergische Flora interessierte sich der blonde Botaniker natürlich auch und fasste ins Auge, einige Ausflüge in die Natur rund um Tübingen zu unternehmen, um sich einen Überblick über die dort heimischen Pflanzen zu verschaffen. Schweren Herzens ließ Tante Julie ihre strahlende Nichte nach Hause fahren, die ihr versprach, Anfang des nächsten Jahres wieder in die englische Hauptstadt zurückzukehren, dann als Mrs. Vines.

KAPITEL 6

Juni 1901

Nachdem Barbara nach London abgereist war, um Tante Julie mit ihren drei kleinen Kindern zu unterstützen, hatte Helene für Freude im Hause Walther gesorgt. Ihr Realschulabschluss war hervorragend ausgefallen und ihre Lehrer hatten ihr versichert, sie sei höchst geeignet für eine weiterführende Bildung. Doch welche Möglichkeiten hatte sie denn überhaupt?

Ein Universitätsstudium war in der Regel den Herren der Schöpfung vorbehalten. Als Krankenschwester tätig zu sein, konnte sich das junge Mädchen nicht vorstellen. Vielmehr reizte es sie, mit Kindern zu arbeiten, ihnen nach dem Vorbild ihres Vaters, dem Leiter des Tübinger Gymnasiums, etwas beizubringen. Ludwig Walther war stolz auf seine mittlere Tochter, die ihm auch äußerlich am ähnlichsten sah und nun seinen Weg in die Schulbildung einschlagen würde. Er hatte sich damals entschieden, seine Kinder nicht zu Hause unterrichten zu lassen, sondern für ihr geistiges Wohl und ihre körperliche Ertüchtigung die Mädchenrealschule gewählt. Vehement befürwortete er Helenes Wunsch und zog Erkundigungen ein, wo sie eine Ausbildung zur Lehrerin machen könnte.

Nach Stuttgart ins Königlich Württembergische Lehrerinnenseminar wollte er sie aus persönlichen Gründen nicht schicken, da er den Leiter aus seiner eigenen Studienzeit kannte und nicht sehr schätzte. Doch Berlin käme in Frage, ebenso Zürich und Wien, und so schrieb Helene mit Feuereifer an diese Institute und bat um einen Platz für den Herbst.

Ungeduldig erwartete sie täglich den Postboten. Wäre etwas für sie dabei? Helene sah sich schon in der Bahn nach Wien sitzen, aus dem Zugfenster erspähte sie Wiesen, die ihre bunte Blumenpracht zur Schau stellten, gezackte Berge, deren schneebedeckte Spitzen in der Sonne glitzerten. Die kleine Lokomotive schlängelte sich an einem silbern glitzernden Flussband entlang, schnaufte eine Anhöhe nach der anderen hinauf und nahm dann Kurs auf ihre Zielgerade, die kaiserliche Residenzstadt.

Als der Postbote endlich einen Brief aus Berlin und einen aus Wien brachte, zitterte Helene, zum Zerreißen gespannt. Mit fiebrigen Bewegungen öffnete sie die an sie gerichteten Schreiben und atmete voller Enttäuschung aus. Alle Plätze in diesen beiden Einrichtungen seien bereits vergeben.

Zwei qualvolle Tage später legte Ida einen Umschlag mit einer grünen Helvetica-Briefmarke auf den silbernen Postteller. Als Helene ihn entdeckte, schloss sie zunächst die Augen, um sich für einen weiteren herben Schlag zu wappnen. Auf dem Umschlag war der Absender verzeichnet: Höhere Töchterschule und Lehrerinnenseminar Zürich. Dann las sie die Zeilen aus der Schweiz. Ungläubiges Staunen stand ihr ins Gesicht geschrieben.

Schon rannte sie erregt zum Arbeitszimmer ihres Vaters und verkündete, nachdem sie kurz geklopft und ein väterliches „Herein!" gehört hatte, in Hochstimmung, dass man ihr einen Platz im Zürcher Lehrerinnenseminar zusage.

Ludwig Walther hatte sich im Vorfeld erkundigt, ob die Typhusepidemie, die in Zürich vor einigen Jahren etliche Todesopfer gefordert hatte, tatsächlich ausgestanden war, und dem war so. Daher wurden auch Mutter Paula und Josephinchen rasch informiert, gratulierten Helene und staunten dann darüber, dass im Kanton Zürich das Semester bereits Anfang August beginnen würde.

Deswegen machten sich Helene und ihre Mutter gleich emsig daran, Kleidungsstücke und Schuhe zu sichten und verschiedene Bücher, die für dieses Ausbildungsjahr unabdingbar wären, beiseitezulegen. Der dunkelhaarige Zopf wippte fröhlich, während Stück für Stück in die bereitgestellten Koffer wanderte.

Zürich war kein unbekanntes Pflaster für Helene: Als Kind hatte sie dort Onkel Alois, Mutters ältesten Bruder, einen Textilfabrikanten, besucht. Dieser besaß eine charmante Gattin, ein halbes Dutzend Kinder und ein großes Haus in einem Zürcher Vorort.

Im Juli würde Alois mit seiner Frau Elise und den drei jüngsten Töchtern, die in Helenes und Josephines Alter waren, aus der Sommerfrische in Baden-Baden nach Hause fahren. In einem knappen Brief an seine Schwester Paula hatte er zugesagt, unterwegs in Tübingen einen kurzen Halt einzulegen und seine Nichte von dort mit in den Süden zu nehmen. Somit würde Helene eine angenehme Reisebegleitung und in ihrer neuen Großstadt jederzeit einen Ansprechpartner haben.

Juli 1901

An einem warmen Sommertag Ende Juli bezog Helene ihr Zimmer im Zürcher Lehrerinnenseminar. Sie erhielt den Schlafplatz unter dem kleinen weißen Fensterkreuz, die beiden anderen Betten beanspruchten Regula, eine blondgelockte, sommersprossige, fröhlich lächelnde Bernerin, und Beatrice, ein eher mageres Mädchen mit leicht gebräunter Haut, dunklen Augen und einem ebensolchen Zopf, das aus der Gegend um Bellinzona stammte, für sich. Helenes erster Eindruck von ihren Zimmergenossinnen war positiv, mit den beiden Mädchen würde sie sich bestimmt gut verstehen. Regula, der Ältesten, wurde die Aufgabe übertragen, einen Plan zur Einhaltung der Zimmersauberkeit zu erstellen. In ihrer ersten Seminarwoche würde Helene für das Fegen und Putzen der Kammer zuständig sein, danach kämen wochenweise auch die zwei anderen an die Reihe.

Nun war allerdings Eile geboten. Den Inhalt ihrer Koffer verstaute Helene rasch in ihrem schmalen Schrankabteil, bevor alle Seminaristinnen im Atrium zur Begrüßungsveranstaltung zusammenkommen sollten. Dort trafen die drei Mädchen auch auf die restlichen Teilnehmerinnen des Lehrerinnenseminars, insgesamt waren etwa dreißig junge Damen im Atrium versammelt, überschlug Helene im Kopf. Das passte auch zu der Anzahl der Zimmer in ihrem Gang: fünf zur Rechten, fünf zur Linken. Die Mädchen setzten sich und warteten gespannt auf die Ankunft der Anstaltsleiterin Anna von Arx. Wenig später betrat eine etwa vierzigjährige beleibte Matrone mit straff sitzendem Dutt und strengem Blick durch zwei runde Brillengläser den großen Raum und näherte sich dem Rednerpult. Eingeschüchtert sprangen die Seminaristinnen auf und beantworteten den Morgengruß ihrer Direktorin im Chor mit „Grüß Gott, Fräulein von Arx!".

Was nun folgte, war eine fesselnde Rede, die von Respekt und Lernbereitschaft handelte, von den Freuden und Aufgaben des Lehrens und von Pädagogik. An deren Ende waren Helene sowie ihre Mitstreiterinnen bereit, alles zu geben, um den theoretischen und den praktischen Teil der Ausbildung zur Lehrerin erfolgreich zu absolvieren.

Im Anschluss würdigte Anna von Arx das jüngst verstorbene Mitglied des Aufsichtsrates der Höheren Töchterschule Zürich, Johanna Spyri. Die berühmte Autorin der „Heidi"-Bücher und weiterer Werke hatte 23 Jahre lang hier gewirkt und wurde von dem Lehrkörper schmerzlich vermisst. Natürlich kannte Helene die Geschichten der Dichterin Spyri, die sich weit über die Grenzen des Kantons hinweg einen Namen gemacht und das Bild der Schweiz im Ausland liebevoll geformt hatte. Wertschätzend, ja voller Hochachtung sprach die Seminarleiterin von Johanna Spyri und ihren Verdiensten um die Höhere Töchterschule samt Lehrerinnenseminar und beendete ihre Ausführungen mit einem Zitat aus der Neuen Zürcher Zeitung, demzufolge Spyri aus dem großen Wasser der Jugendliteratur der letzten Jahrzehnte so hoch emporrage wie Gottfried Keller über andere Zeitgenossen.

Ehrerbietig blickten die Seminaristinnen ihrer Direktorin hinterher, als diese nach beendeter Rede hoch erhobenen Hauptes sowohl das Rednerpult als auch das Atrium verließ. Nachdenklich stellte Regula, deren Lächeln einem ernsten Ausdruck Platz gemacht hatte, fest, dass ihnen nur noch der heutige Abend zur freien Verfügung blieb, morgen würde ein arbeitsames Jahr für sie alle am Seminar beginnen.

Die drei Zimmergenossinnen entschlossen sich, diesen außergewöhnlichen Tag mit einem Sonnenuntergangspaziergang am Bahnhofsquai zu beschließen und einmal über das gedeckte Brüggli zu wandern, dessen Spiegelbild sich im Wasser der Limmat besonders hübsch ausnahm. Helene staunte über die elektrischen Trams, welche gerade die Rösslitrams abgelöst hatten und so wunderbar modern waren. Die drei jungen Damen nahmen ein Trämli zum Sechseläutenplatz, wo sie das imposante Gebäude des Stadttheaters bestaunten und zu Fuß zum Ufer des Zürichsees promenierten, der sich blank und geheimnisvoll in die einbrechende Dunkelheit erstreckte. In der Ferne ließen sich die schwarzen Schatten der Berge ausmachen, die allmählich mit der Dämmerung verschmolzen. Am Ufer harrte der langgezogene helle Schiffsrumpf der „Helvetia" mit dem riesigen Schornstein, der wie ein schwarzer Turm in der Mitte des Raddampfers in die Höhe ragte, seiner Gäste. Das Trio beschloss, an einem der nächsten Wochenenden mit der „Helvetia" zur Halbinsel Au zu schaukeln, um dort, in der Mitte des Zürichsees in Richtung Wädenswil, eine Limonade zu genießen und die Gegend kennenzulernen. Auf dem Rückweg zum Seminar kam das Gespräch wieder auf Fräulein von Arx' bewegende Rede und Regula wettete, dass die Jugendliteratur Johanna Spyris auf dem Lehrplan einen gewichtigen Platz einnehmen würde. Helene sowie Beatrice stimmten ihr durchwegs zu.

Die folgenden Wochen, in denen Helene begann, Brocken des Zürichdeutschen zu verstehen und das Hochdeutsche, das in den gehobenen Schweizer Kreisen für gewöhnlich gesprochen wurde, zu schätzen, erwiesen sich für alle angehenden Lehrerinnen als sehr arbeitsreich. Zunächst musste aus der Fülle der Schulfächer eine Auswahl getroffen werden, welche den Schwerpunkt der jeweiligen Kandidatin darstellte. Helene musste nicht lange überlegen: Sie entschied sich für Musiktheorie mit Gesang, Zeichnen und deutsche Sprache und Literatur.

Über die Hälfte der Seminaristinnen setzte Musiktheorie auf ihre Liste, denn es war üblich für junge Damen aus gutem Hause, ein Instrument zu erlernen oder sich gesanglich hervorzutun. So waren die Musikstunden bei dem ältlichen, aber lebhaften Fräulein Ludovica von

Wyss, in denen es um Werke von Robert Schumann und Franz Liszt ging, um Johannes Brahms und den erfolgreichen Schweizer Komponisten Hans Huber, recht unterhaltsam, und Helene durfte auf ihrer Geige eine Violinsonate von Brahms und ein Kunstlied von Schubert vortragen, die von der Musiklehrerin recht gelobt wurden.

Die Zeichenstunden hingegen, die von der extravaganten, in wallende Gewänder gekleideten Malerin Hertha Roederstein abgehalten wurden, fand Helene nicht besonders interessant. Fräulein Roederstein mochte selbst eine ungewöhnliche, ja hervorragende Künstlerin sein, was vermutlich in der Familie lag, denn ihre Schwester Ottilie war eine landesweit bekannte Malerin, doch zur Lehrerin taugte Hertha kaum. Ihre Erklärungen empfanden die Mädchen als langwierig, gar unverständlich, und so wurde dieser Unterricht schweigend ertragen, ohne in der Malerei wesentlich voranzukommen. Immerhin, so stellte Helene fest, wisse man nun, wie man als Lehrperson nicht werden wolle, womit sie die Lacher auf ihrer Seite hatte.

Schließlich gab es noch den deutschen Sprach- und Literaturunterricht bei Alma Welti, einer pfiffigen jungen Frau mit schwarzer Kurzhaarfrisur, die es im Nu schaffte, ihre Klasse für Schillers „Wilhelm Tell" ebenso zu begeistern wie für Pestalozzi, Gotthelf und Meyer sowie für die vier Bände des „Grünen Heinrich" von Gottfried Keller. Natürlich kam auch Johanna Spyri nicht zu kurz, Fräulein Welti schien eine Kennerin und Verehrerin dieser Jugendliteratur-Dichterin zu sein, genau wie die Seminaristinnen selbst. So las Helene abends vor dem Schlafengehen immer noch ein paar Seiten für ihren Literaturkursus, der sie besonders interessierte und wertvolle Anregungen für den künftigen eigenen Unterricht lieferte.

Schließlich unterrichtete die Anstaltsleiterin selbst Erziehungslehre und Psychologie, wobei die jungen Damen gar mit der „Traumdeutung" Sigmund Freuds, die vor Kurzem erschienen war, vertraut gemacht wurden. Dazu kamen stundenweise Blöcke in Arithmetik, Geometrie, Englisch, Französisch, Geschichte und Naturkunde.

Anna von Arx' Unterricht glich ihrem Charakter: Er war mitreißend und effizient. Nicht wenige der Mädchen träumten davon, als Lehrerin genauso aufzutreten und eben diese Wirkung bei ihren späteren Zöglingen hervorzurufen. Dabei hatte Fräulein von Arx durchaus viel zu tun: Neben dem Unterricht und der straffen Gesamtorganisation des Seminars verfasste sie pädagogische Artikel, beriet Dorf- und Hauslehrer und tauschte sich mit den Mitgliedern des Zürcher Erziehungsrates aus. Die Bewunderung und Wertschätzung durch den Lehrkörper und ihre Seminaristinnen waren ihr gewiss.

So verflossen die Wochen und Monate im bienenfleißigen Seminar in der Promenadengasse. Regula, Helene und Beatrice hatten unter dem Lernen jede freie Minute genutzt, um Zürich besser kennenzulernen. Der vorgesehene Dampferausflug zur herbstrot leuchtenden Halbinsel Au war wundervoll gewesen. Im noblen Café du Nord in der Waisenhausgasse hatte man Beatrices einundzwanzigsten Geburtstag gefeiert, dann das Geburtshaus des Philosophen und Pfarrers Lavater, „Zum Waldris", und Fraumünster mit seinem hohen spitzen Turm besichtigt. In der eisigen Novemberluft hatte das Trio im berühmten Kaufhaus Brann in der Bahnhofsstrasse nach passenden Weihnachtsgeschenken für die Familien Ausschau gehalten.

Obgleich Helenes ursprüngliches Ansinnen, die freien Weihnachtstage bei der Familie ihrer Freundin Regula in Bern zu verbringen, fehlschlug, waren es doch höchsterfreuliche Nachrichten aus der Heimat, die Helene anderweitig verplanten und ihr Herz schneller klopfen ließen. Ihre große Schwester würde nach Weihnachten in Tübingen heiraten! Zwar kannte Helene ihren künftigen englischen Schwager noch nicht, doch aus den lieben Zeilen Josephines, der Mutter und auch der Braut selbst ging hervor, dass die Zuneigung dieses gelehrten, freundlichen Zeitgenossen zu Barbara tief und echt war. Daher würde Helene in den freien Weihnachtstagen nach Württemberg reisen, um bei der Vermählung am Ende des Jahres, die sie um nichts verpassen wollte, anwesend zu sein. Begeisterte Glückwünsche purzelten aus Helenes Feder, als sie ihrer Schwester und dem Verlobten nach Tübingen schrieb, zusammen mit dem Versprechen, bei der Hochzeit anwesend zu sein.

Da sich sonst niemand zur Weihnachtszeit in den Norden begeben wollte, war es ausgerechnet die Musiklehrerin Fräulein von Wyss, die Helene auf ihrer Kutschfahrt begleiten würde, denn diese wollte über die Feiertage einen in Stuttgart ansässigen Neffen besuchen. Dieser Neffe war ein gestandener Unternehmer, mit einer Frau und sechs erwachsenen Söhnen, die alle verschiedenartigen Arbeiten und Studien nachgingen. An Weihnachten aber würden sich die drei Jüngsten im Stuttgarter Vaterhaus einfinden, um das Christfest mit ihren Eltern und mehreren Tanten zu Hause zu begehen.

Etliche Stunden lang lauschte Helene den Erzählungen des Fräuleins, welche sich um den romantischen Komponisten Felix Mendelssohn Bartholdy rankten, den das Fräulein während seines Schweiz-Aufenthaltes vor einem halben Jahrhundert persönlich kennengelernt hatte. Der Arme trauerte damals um seine eben verstorbene Schwester Fanny und Fräulein von Wyss war es vergönnt, ihm als junges Mädchen in dieser schweren Zeit beistehen zu dürfen. Als die Postkutsche sich Tübingen näherte, war Helene im Bilde über diesen großen Pianisten, Organisten und Dirigenten, dessen Werke laut Fräulein von Wyss Unsterblichkeit erreichen würden.

KAPITEL 7

Dezember 1901

Es begann leise Flocken zu schneien, als Helene, durch-geschüttelt von der langen Fahrt, am Nachmittag des Heiligen Abend die ausgetretenen, mit Schneeresten be-deckten Stufen zu ihrem Vaterhaus in der Olgastraße emporstieg. Eine stille weiße Pracht legte sich auf jeden Halm und jedes Blatt und war wundervoll anzusehen. Tief atmete Helene die winterliche Dezemberkühle ein, eine Wohltat nach der muffigen Droschkenluft! Die Weitgereiste empfand enorme Dankbarkeit, Weihnach-ten und die bevorstehende Hochzeit mit ihrer Familie feiern zu dürfen. Bereits an der Haustür fiel ihr Jo-sephine, im abgelegten himbeerroten Kleid der Schwes-ter, fröhlich um den Hals. Strahlende grünbraune Au-gen mit Lachfältchen sprühten vor Freude, denn nun war auch die letzte fehlende Schwester wieder zu Hause!

Wie eh und je duftete es weihnachtlich aus der Küche. Bestimmt hatte das treue Idchen gerade Zimtsterne aus dem Ofen geholt, vermutete die Heimkehrende schnup-pernd. Schon stand auch Barbara, die hellbraunen Wel-len in einer eleganten Hochsteckfrisur gebändigt, vor der mittleren Schwester und umarmte sie herzlich, wo-bei sie ihr den gutaussehenden blonden Mann, welcher hinter ihr stand und verlegen über seinen Backenbart strich, vorstellte: Das war also Samuel Vines, der englische Bräutigam. Helene nickte ihm freundlich zu und schüttelte seine Hand. Wie verliebt er seine Braut von der Seite ansah! So wollte Helene auch einmal von ihrem Zukünftigen angeschaut werden. Da konnte man direkt neidisch werden auf das junge Glück! Zwischen Braut und Bräutigam herrschte eine beinahe mit Händen greifbare Zuneigung, derer man in ihren Blicken und Gesten gewahr wurde und deren Schwingungen den Raum erhellten.

Auch Mutter und Vater, beide etwas ergrauter als letzten Sommer, eilten aus der guten Stube herbei, wo gerade die Krippenfiguren platziert wurden, und begrüßten ihr „Schweizer Mädchen" voller Freude. Dieses durfte dann den beiden Schwestern traditionell dabei helfen, den Christbaum fertig zu schmücken. Groß und dunkelgrün stand er in der Ecke und harrte des Festschmucks, mit dem er bedacht werden würde. Das Brautpaar hatte bereits die Kerzen auf die nach Wald und Weihnachtsfrieden duftenden Tannenzweige gesteckt. Josephines dunkelblonde Wellen waren zu einem kunstvollen französischen Zopf geflochten, der sich bald hierhin, bald dorthin beugte, um die silbernen Glaskugeln zu begutachten, die schon am Baume hingen. Helene, die eben ihr staubiges Reisekleid gegen ein marineblaues mit sich bauschendem Rock getauscht hatte, fiel es nun zu, sich um die Strohsterne zu kümmern, die dieses Jahr Zuwachs bekommen hatten. Vermutlich hatte sich die Mutter mit Geduld daran gemacht, die alten Sterne mit fehlenden Halmen und Knicken auszusortieren und neue, größere zu basteln, die nun auf die Zweige verteilt werden konnten. Zufrieden nahm Helene ihren Platz zwischen den beiden munter plaudernden Schwestern ein und spürte, wie das Gefühl des Zuhauseseins in ihr hochkroch und sich genüsslich breitmachte.

Währenddessen konnte sich Samuel nicht sattsehen an der liebevoll dekorierten Holzkrippe, die der zukünftige Schwiegervater alljährlich mit Moos und Stroh versah und an deren Dachfirst er, genau über dem Jesuskind in der Krippe, einen goldenen Stern befestigte. Zu Maria und Joseph mit dem Kind gesellten sich Hirten mit ihren Schafen, reich beladene Könige mit Kamelen und sogar ein Engel mit weit ausgebreiteten Flügeln. „Fürchtet euch nicht", schien er zu sagen, und ihn anzusehen bereitete jedem Betrachter eine große Freude. Die Familie Vines stellte lediglich die weißen Porzellanfiguren der Heiligen Familie auf, eine Holzkrippe gab es in der Oxford Street nicht, erklärte Samuel.

Ida überwachte in der Küche den Karpfen und schmeckte den Kartoffelsalat ab, als sich die Walthers mit dem künftigen Schwiegersohn anschickten, durch das feine Schneegestöber zum Holzmarkt zu spazieren, wo man wie üblich die Christmette besuchen würde. Barbaras behandschuhte Hand lag dabei in der Samuels,

wie die beiden jüngeren Schwestern mit einem Augen-
zwinkern bemerkten. Über den grauen Neckarwellen
tanzten die hellen Flocken, kein Kahn war unterwegs,
nur ein paar Entensilhouetten ließen sich im Gegenlicht
ausmachen. Es knackte dann und wann im rissigen Eis,
welches das Neckarufer zu säumen begann. Die überhängenden Büsche ragten kahl und leer in Richtung
Fluss. Sie begannen sich allmählich weiß zu polstern, als
man schnellen Schrittes die Gartenstraße hinter sich ließ
und aus der Dezemberkälte schließlich durch das altehrwürdige Portal in die Stiftskirche eintrat. Man schüttelte
sich den Schnee von den Stiefeln ab und die feinen Trop-
fen aus Mütze und Hut und gab sich dann der weih-
nachtlichen Atmosphäre hin, die das prächtige Gotteshaus verstrahlte.

Helenes Blick schweifte über die geliebten Spitzbogenfenster hin zur hohen Tanne, deren Kerzen den Al-
tarraum in ein zauberhaftes Licht tauchten. Man nahm
in der Kirchenbank Platz, rückte eng zusammen, damit
auch Samuel mit hineinpasste, und überließ sich dann
ganz der Orgel, die den Gottesdienst prachtvoll untermalte. Helene genoss Pfarrer Crusius' Weihnachtsbot-
schaft in vollen Zügen: „Es ist uns heute der Heiland geboren." Sie sang aus tiefster Brust die altbekannten Lieder mit und lächelte am Ende in sich hinein, als es bei
den vertrauten Klängen von „O du fröhliche" für sie
wieder richtig Weihnachten wurde! Zwar hätte es sie interessiert, wie Regula in Bern die Festtage beging, wie

die Berner „O du fröhliche" sangen, aber hier in Tübingen mit der Familie zu feiern, fühlte sich im Moment einfach großartig für Helene an.

Ein Seitenblick auf Josephine, deren rotes Kleid unter dem Mantel hervorlugte, zeigte, dass diese in Gedanken in weiter Ferne weilte. Vermutlich dachte sie an ihr letztes Christfest auf Norderney und an den dortigen Pfarrvikar, von dem sie so viel gesprochen hatte. Helene hatte gesehen, wie die kleine Schwester hastig den an sie adressierten Brief aus dem Königreich Preußen vom silbernen Postteller genommen und in ihrem Ärmel verborgen hatte. Bestimmt hatte ihr der Theologe zu Weihnachten Grüße von der Nordsee geschickt. Warum aber machte Josephine solch ein Geheimnis um sein Schreiben?

Helene wandte ihren Kopf und ihre Gedanken von Josephine weg nach rechts. Barbaras konzentrierte Gesichtszüge in der Kirchenbank zeigten, dass sie diese Tübinger Christmette in ihrer Gänze in sich aufnahm, denn im folgenden Jahr würde sie sicher mit der Familie Vines, als eine der ihren, den Londoner Weihnachtsgottesdienst in der All Saints Church nahe der Oxford Street besuchen.

Schließlich war man bei den Klängen des Orgelnachspiels aus der St. Georgskirche in die winterliche Kälte getreten und hatte festgestellt, dass der Schneefall aufgehört hatte. Die Schritte der Spaziergänger am Neckarufer entlang wurden vom weiß überzuckerten Weg verschluckt. Wie Engelsflügel neigten sich die verschneiten Weiden hinab zum grauschwarzen Wasser, das träge dahinfloss und an den verschwommenen Rändern weiter dabei war, zuzufrieren. Im Neuschnee der Neckarauen zeichneten sich die Spuren verschiedener Tiere ab, die dort ihre Runden gedreht hatten. Die hölzernen Bänke, welche sonst den müden Wanderer zu einer Rast einluden, trugen unter knorrigen, unbelaubten Ästen, die wie Spinnenfinger nach ihnen zu greifen schienen, geduldig ihre neue Schneelast.

Nach einem zehnminütigen Spaziergang, dem Nachklang des wunderbaren Gottesdienstes, saß man schon in gemütlicher Runde am langen Esstisch vor einer himmlischen Portion Kartoffelsalat und Karpfen. Im Ofen knackten lustig die Holzscheite und wärmten die frierenden Glieder wieder auf. Ida hatte sich überschlagen mit den Beilagen, so dass jeder hungrige Magen etwas Passendes fand. Man plauderte mit Großtante Annegrete, die von Jahr zu Jahr vergesslicher, aber zugleich unterhaltsamer wurde, mit Onkel Georg, dem Wirbeltierpaläontologen, und natürlich mit dem künftigen Schwager in einem lustigen Gemisch aus Deutsch und Englisch. Als Nachspeise reichte das Idchen in weißer Schürze eine Süßspeise, die eigentlich Grützwurst hieß, hier in Tübingen aber liebevoll „Knopf" genannt wurde. Nicht nur die drei Naschkatzen der Walthers liebten diesen süßen Pudding, auch die Älteren griffen beherzt zum Nachschlag, als Ida noch mehr von der Grützwurst darbot.

Vollkommen gesättigt begab man sich nun in die gute Stube, wo Vater Ludwig geduldig die Christbaumkerzen entzündete und seine Frau sich auf den schwarzen Klavierhocker setzte. Helene und Josephine holten ihre Violinen hervor, stimmten sie und spielten dann mit ihrer Mutter ein Wunschkonzert an Weihnachtsliedern.

Onkel Georg begeisterte sich für „Tochter Zion", Großtante Annegrete dagegen hatte eine Vorliebe für „Joseph, lieber Joseph mein". Auf Josephines Bitte hin und im Gedenken an den Weihnachtsgottesdienst auf Norderney, an dem sie neben Viktor Wildermuth gestanden hatte, wurde auch „Ich steh an deiner Krippen hier" gespielt und gesungen. Als Samuel an der Reihe war, ein Lied zu wählen, musste er selbst auf dem Klavierhocker Platz nehmen, um „The First Nowell" zu intonieren.

Überrascht stellten die Walthers fest, dass der hübsche blonde Engländer nicht nur botanisch, sondern auch musikalisch versiert war. Aus dem Gedächtnis spielte er einen vierstimmigen Satz von „The First Nowell", der rasch ins Ohr ging. Innerhalb kürzester Zeit konnten alle diese englische Weihnachtsmelodie mitsummen. Barbara merkte sich sogar die erste Strophe und war froh, ab nächstem Jahr in London an Weihnachten so schöne Musik zu hören zu bekommen und mit ihrem Mann musizieren zu können. Beschwingt von den

herrlichen Feiertagsweisen schritt man nun zur Besche-
rung. Eine Mütze, ein Buch, neue Handschuhe, ein
hübsch bemaltes Holzkästchen, eine Packung der typi-
schen Schweizer Lebkuchen genannt Biberli – jeder
freute sich an den Gaben, doch außer sich vor Freude
waren Barbara und Samuel, als sie eine zierliche Holzkrippe mit geschnitzten Figuren überreicht bekamen.
Damit würde Barbara ein Stück Heimat mit in die
Fremde nehmen und sich ihrer Tübinger Familie gerade
am Christfest verbunden fühlen, wenn sie dieses Kripp-
lein aufstellte, das sie allerliebst fand. Lächelnd legte Samuel seiner Braut den Arm um die Schultern und flüs-
terte, dass die deutsche Krippe immer in Ehren gehalten
werden würde.

Der Weihnachtsabend klang friedvoll aus und mün-
dete in eine Woche voller Vorfreude und Einstimmung
auf die Hochzeit, die an Silvester in der Stiftskirche gefeiert werden sollte. Bis dahin wäre die Familie Vines
aus London in Tübingen eingetroffen, um dabei zu sein,
wenn ihr Ältester in den Stand der Ehe eintreten würde.

Tatsächlich schaffte es die Kutsche mit den englischen
Hochzeitsgästen erst am Vorabend der Vermählung bis
nach Württemberg. Sydney entstieg der Droschke, gefolgt von seinen Söhnen Howard und Percy. Unglücklicherweise war Samuels Mutter Catherine über die Feiertage erkrankt und in Obhut ihrer Tochter Jessie zu
Hause in der Oxford Street geblieben. Eine schmerzhafte
Ohrenentzündung, die noch nicht abgeklungen war,

und der gestrenge Londoner Hausarzt verboten der fiebernden Patientin diese anstrengende Reise. Doch die männlichen Vertreter der Vines standen am Silvesternachmittag in ihren schwarzen Anzügen und gestärkten weißen Hemden mit Zylindern auf dem Kopf bereit.

Nun machte der Hochzeitszug sich, in warmen Mänteln und Galoschen, auf den Weg von der Olgastraße zum Holzmarkt. Die Brautjungfern Josephine, Helene und Susanna, die beste Freundin der Braut, gingen in ihren weißen Kleidern, die unter dem dunklen Mantelsaum hervorblitzten, voraus. Es folgte die strahlende Barbara, im weißen Brautkleid und Myrtenkranz auf dem Kopf, in einen wollenen weißen Umhang gehüllt, am Arm ihres stolzen Vaters. Dahinter machte der aufgeregte Bräutigam an der Seite seiner Schwiegermutter eine gute Figur. Nun schlossen sich die Vines, die restlichen Verwandten und enge Freunde der Familie an. Es wurde kräftig ausgeschritten, um der Kälte des Altjahrsabends schnell zu entfliehen.

Doch auch in der St. Georgskirche wurde es nicht richtig warm, so dass Pfarrer Crusius, der die Trauung vornahm, beschloss, seine Predigt kurz zu halten, um rasch wieder an sein heimeliges Herdfeuer zurückzukehren. Das Ehegelübde legte das Brautpaar mit klarer Stimme ab und Helene traten die Tränen in die Augen, als ihr bewusst wurde, dass ihre älteste Schwester ab sofort ihr eigenes Leben fern von Tübingen führen würde. Gerührt betrachtete sie die traditionellen Reiskörner der

Gäste, die vor dem Kirchenportal auf das Haupt der Neuvermählten niedergingen, um ihnen Glück zu wünschen. Aufgrund der zunehmenden Kälte bat Ludwig Walther den Fotografen Rilling, der für die Hochzeitsaufnahmen bestellt worden war, der Gesellschaft nach Bebenhausen zu folgen, er dürfe dort im Anschluss an seine Arbeit auch mit der Familie feiern.

Auf Onkel Georgs Anraten hin hatte man in den königlichen Räumlichkeiten des Bebenhausener Jagdschlösschens eine Halle gemietet, in der das Hochzeitsessen aus der angrenzenden Klosterküche serviert und von einer Musikkapelle zum Tanze aufgespielt werden würde.

In den Kutschen wickelte man sich in warme Decken und rückte eng zusammen, so konnte man die Fahrt im klirrend kalten Dezemberwind bis nach Bebenhausen wohlbehalten überstehen. Barbaras und Samuels Kutsche war wunderbar mit grünen und roten Schleifen dekoriert worden und die beiden Schimmel, die davor im Geschirr standen, waren prachtvoll anzusehen.

Bald erblickte man Bebenhausen im Talkessel, umgeben von schneebedeckten Wäldern, und konnte die weiß verschneiten Dächer des Jagdschlosses und Klosters ausmachen, die über ihren hübschen Fachwerkfassaden thronten. Rasch bewegte sich die Hochzeitsgesellschaft, die mit lustigem Hufgeklapper vor den breiten Türen zum Festsaal angelangt war, nach drinnen, wo mehrere kleinere Öfen für eine angenehme Wärme sorgten. Eine

Fülle an Kerzen wurde entzündet, deren Licht den dunklen, fast vollständig mit Holz verkleideten Raum erhellte.

Die Mäntel, Mützen und Galoschen wurden vom Personal in weißen Schürzen an der Garderobe entgegengenommen. Dann stellte man sich für das Gruppenfoto vor der vertäfelten Wand auf, an welcher mächtige Hirschgeweihe und golden umrahmte Jagdszenen in Öl prangten. Braut und Bräutigam saßen malerisch vorne in der Mitte, Seite an Seite mit den drei jungen Brautjungfern in ihren entzückenden weißen Kleidern. Darum herum gruppierte der Fotograf die Familienmitglieder und weiteren Gäste, die alle zur Feier des Tages ihre beste schwarze Festtagskleidung trugen. Die feierliche Stimmung, die auch noch während des Fotografierens des Brautpaares anhielt, wich nach dem opulenten Mahl auf feinem weißem Porzellan mit Goldrand einer gewissen Ausgelassenheit.

Eine kleine Kapelle, bestehend aus fünf Musikern in dunkelblauen Anzügen, spielte schwungvoll zum Tanz auf. Kaum hatten Barbara und Samuel ihren Brautwalzer mit Bravour absolviert, drehte sich Helene in Onkel Georgs Armen im Takt. Danach flog sie von ihrem Vater zu Sydney Vines, dann von Howards Armen schließlich in die des Fotografen. Julius Rilling entpuppte sich, wenn er nicht gerade mit ernsthafter Miene fotografierte, als recht guter Tänzer und interessanter Gesprächspartner. Helenes dunkler Blick verfing sich bei einer Umdrehung in Julius' seegrünen Augen, die sie nicht mehr losließen. Gebannt schaute sie in das heitere, schmal geschnittene Gesicht, zeichnete in Gedanken seine markante Kinnlinie nach und überlegte sich, wie es sich wohl anfühlen würde, durch sein kurzgeschnittenes haselnussbraunes Haar zu fahren. Als hätte er ihre Gedanken erraten, lächelte er seine hübsche Tanzpartnerin, deren kunstvoller, blumenumrankter Dutt in Auflösung begriffen war, so verschmitzt an, dass sie errötete.

Erst jetzt wurde Helene bewusst, dass sie schon eine Ewigkeit nicht mehr an Adalbert Setti, ihren ehemaligen Sommerakademie-Lehrer, gedacht hatte, dass ihre Gefühle für ihn erloschen waren und sie bereit war, sich in neue Abenteuer zu stürzen. Leider, so erfuhr sie von dem jungen Rilling, studierte er fern von Zürich, wohin sie am Neujahrstag reisen würde, um ihre Lehrerinnenausbildung zu beenden. In Stuttgart, seiner Heimatstadt, ging Julius Rilling dem Studium der Malerei, der Lithografie und der Fotografie nach und zeigte sich sehr erfreut, als er von Helene hörte, dass auch sie gerne malte und Zeichnen zu ihren Hauptfächern zählte. Das Mädchen beobachtete den gebürtigen Stuttgarter, wie seine grünen Augen vor Witz sprühten, wie er beim Sprechen seine Lippen wölbte, wie sich beim Lachen zwei Grübchen auf seinen Wangen zeigten, wie er seine Worte mit lebhaften Gesten untermalte, und war von Minute zu Minute hingerissener von ihm.

Nach einigen ausgelassenen Stunden wurde das Brautpaar unter Tränen in die Flitterwochen verabschiedet. Helene beneidete Barbara und Samuel, denn sie reisten nun mit der Kutsche und der Eisenbahn nach Italien: Venedig stand auf dem Programm. Dank der Österreicher konnte man diese hübsche Lagunenstadt, die jetzt dem neugegründeten Königreich Italien angehörte, seit über dreißig Jahren schon mit dem Zug erreichen. Neugierig waren die Brautleute auf den berühmten Markusplatz, aber auch auf die modernen Wasserbusse, die sogenannten Vaporetti, die seit Kurzem auf den Kanälen der Stadt zur Verfügung standen.

Über Frankreich mit der Côte d'Azur und Paris führte der Weg sie schließlich nach London, wo sie in der Oxford Street eine eigene Wohnung beziehen würden. Barbaras Aussteuerkisten wären dann bereits dort, da Sydney Vines und seine Söhne sie mitzunehmen gedachten, wenn sie am Neujahrstag abreisten.

Nachdem um Mitternacht die guten Wünsche für das neue Jahr ausgetauscht worden waren, schlüpfte Helene kurz darauf mit einem tiefen Seufzer aus ihrem herrlichen Brautjungfernkleid, in dem sie sich einen Tag lang wie eine Königstochter gefühlt hatte. Nachdenklich bespritzte sie sich mit Wasser aus der alten weißen Emailleschüssel, die auf ihrem dreibeinigen Gestell thronte, und schüttelte sich fröstelnd, als sie den kühlen Baumwollstoff des Nachthemdes auf ihrer Haut spürte. Sie zog alle Nadeln und Kämme aus ihrer aufgelösten

Frisur und bürstete versonnen ihre langen Strähnen, bevor sie sich zwei Zöpfe für die Nacht flocht. War es Julius Rillings Lächeln gewesen, das ihr das Gefühl gegeben hatte, eine Prinzessin zu sein? Julius – ein wunderschöner Name, fand Helene. Würde sie ihn je wiedersehen? Würde ihre Hand tatsächlich eines Tages durch sein dunkles Haar fahren? Würde er sich in einem halben Jahr, wenn sie aus Zürich zurückkehrte, überhaupt noch an sie erinnern? Ein tiefer Seufzer entfuhr ihr, als sie sich in ihrem alten himmelblauen Mädchenzimmer auf dem kalten Laken ausstreckte und sich die Bettdecke bis zur Nasenspitze emporzog.

KAPITEL 8

Januar 1902

Seufzend beugte sich Josephine über ihr kariertes Heft und blickte ratlos ihren Rechenstab an, der ihr bei der Lösung ihrer Gleichungen behilflich sein sollte. Weshalb musste sie das ausrechnen? Wozu sollte das gut sein? Kopfschüttelnd wandte sie sich wieder den Zahlen auf dem Holzstab zu und überlegte, in welche Richtung sie den Messingschieber betätigen sollte. Viel interessanter als die Arithmetik war die Post, die den Walthers in den letzten Tagen ins Haus geflattert war!

Josephines Gedanken schweiften fort von den ungeliebten Zahlen, hin zu der italienischen Postkarte, auf deren Vorderseite unter einer schwarz-weißen Zeichnung des Dogenpalasts „Ricordo di Venezia" und „Palazzo Ducale" zu lesen stand. Die Rückseite trug Barbaras ordentliche kleine Handschrift und berichtete von herrlichen Brücken und schaukelnden Gondeln. Schon träumte sich Josephine nach Venetien und stand neben den beiden Jungvermählten auf der Rialto-Brücke, um über den Canale Grande und die prunkvollen Häuserfassaden zu blicken. Sie hörte das Plätschern des Kanalwassers und die italienischen Rufe der traditionell gekleideten Gondoliere.

Von Venedig wanderte ihr Geist nach Zürich, denn auf dem silbernen Postteller lag ein langer Brief in Helenes gestochen scharfen Buchstaben. Im Lehrerinnenseminar wurde fleißig gelernt, man musste sich auf bevorstehende Prüfungen vorbereiten, um anschließend den praktischen Teil der Ausbildung antreten zu können. Helene würde in der ersten Klasse der Mädchensekundarschule, die dem Lehrerinnenseminar angegliedert war, direkt in der Zürcher Promenadengasse einige Zeichenstunden geben. Außerdem war sie eingeteilt, in der Kantonsschule Zürich in der Rämistrasse Buben und Mädchen in Schreiben und Lesen zu unterweisen. Über ihre erzieherischen Maßnahmen und Beobachtungen musste sie penibel Buch führen. Wenn Fräulein von Arx bei ihrem Abschlussbesuch im Unterricht zufrieden wäre, würde Helene ihr Zertifikat, das ihr eine abgeschlossene einjährige Lehrerinnenausbildung bescheinigte, erhalten.

Erstaunlich fand Josephine den Abschnitt über Beatrice, die Zimmergenossin Helenes, die sich über die Weihnachtstage in Bellinzona verlobt hatte und ihre Ausbildung daher nicht fortführen würde. Beatrices Eltern hatten eine Vereinbarung mit dem Verlobten, der seine Braut kaum kannte, getroffen, einem Tessiner Oberstleutnant. Dieser war etliche Jahre älter als Beatrice und bestand auf einer sofortigen Heirat, da er Richtung Gotthard versetzt werden würde und seine Frau sowie seine beiden Töchter aus erster Ehe auf seinen neuen Posten mitnehmen wollte. Josephines Fantasie malte sich Beatrices Zukunft mit einem wildfremden Mann und zwei kleinen Kindern, denen die Mutter fehlte, an einem unbekannten Ort als nicht sehr rosig aus. Doch man musste sich in sein Schicksal fügen, wenn die Eltern einen dadurch versorgt wussten. Durch Beatrices Weggang vertiefte sich die Freundschaft Helenes mit der lustigen blonden Bernerin Regula, mit der sie sich bis zum Sommer das Zimmer teilen würde.

Zwei weitere Briefe waren angekommen, zunächst einer von Onkel Louis, der wohlbehalten von seiner Antarktis-Expedition nach Brüssel zurückgekehrt war und seinen Besuch für Pfingsten ankündigte. Josephine war sehr gespannt auf den Reisebericht des Onkels, sie konnte sich kaum vorstellen, was er erlebt haben mochte. Hatte er Pinguine auf Eisschollen gesehen oder gar Wale? Von welchen Abenteuern in der südlichen Kälte würde er berichten?

Allerdings erinnerte sich Josephine nicht mehr sehr gut an ihn, denn Tante Agathe, seine Frau, war vor einigen Jahren verstorben, und bei der Beerdigung hatte sie ihn zum letzten Mal gesehen. Als Witwer hatte er eine Stelle als Koch auf der „Belgica" angenommen und war dadurch nach Südamerika und dann weiter zur Antarktis gekommen. Nun weilte er wieder in Europa und wollte den Kontakt mit der Verwandtschaft seiner verstorbenen Gattin erneuern.

Der letzte Brief, der eine blaue Briefmarke mit einem Stempel aus der Rheinprovinz Trier trug, war an Josephine persönlich gerichtet und stammte von Viktor Wildermuth. Er teilte seiner Tübinger Brieffreundin mit, dass er sein erstes Amt als evangelischer Aushilfspfarrer in der Diaspora der preußisch-katholischen Rheinprovinz angetreten habe und sich vor allem der Seelsorge widme, aber auch als Standesbeamter und Statistiker sowie als Volksschullehrer tätig sei. Bedauerlich finde er, dass er Norderney verlassen musste, andererseits fordere ihn diese erste kommissarische Pfarrstelle voll und ganz und er wolle sich in ihr behaupten und Gottes Werk verrichten, wo immer es nötig sei.

Seine Beschreibungen der Stadt Trier mit ihrer imposanten Porta Nigra und den weitläufigen Kaiserthermen, mit den Überresten der Konstantinbasilika, der riesigen Liebfrauenkirche und dem Hohen Dom mit seinen beiden Turmspitzen, die die restliche Stadt überragten, lasen sich für Josephine lebendig und anschaulich. Wie gerne würde sie neben Viktors Lockenkopf durch die Trierer Straßen promenieren und sich von ihm alle Sehenswürdigkeiten genau erklären lassen! Sie stellte sich Viktors helles Haupt über seinem dunklen Talar vor, wie er der Gemeinde Gottes Wort verkündete, sie sah ihn lächelnd vor einer Volksschulklasse stehen, mit der er „Ein feste Burg" anstimmte und deren Kinderstimmen hell und fröhlich durch den Raum schallten. Was Viktor wohl gerade im Moment tat?

Als sie ihren Blick wieder auf ihre karierte Seite senkte, stellte die Schülerin mit Entsetzen fest, dass die Schatten länger wurden und sie ihren Nachmittag verträumt hatte. Ihr Rechenstab sah sie mahnend an und so nahm sie sich zusammen, verbannte Viktor aus ihren Gedanken und begann, den metallenen Schieber passend zu ihrer Gleichung zu verrücken und die entsprechenden Zahlen in ihrem Heft zu notieren.

Noch zählte sie zu den Schlechteren ihrer Realschulklasse, da sie ihren Rückstand, der ihr durch ihren Kuraufenthalt auf Norderney vor einem Jahr entstanden war, noch nicht vollständig aufgeholt hatte. Auch die Wiederholungsstunden mit ihren Klassenkameradinnen Grete und Dora hatten nicht viel geholfen, da man ins Erzählen abschweifte und lieber über die Eigenheiten der Lehrer lachte, anstatt sich mit ihrem Lernstoff zu beschäftigen. Josephine nahm sich vor, in Zukunft gewissenhafter zu lernen, denn das kommende Schuljahr wäre ihr letztes, und sie hatte nicht vor, ihre Eltern mit ihrem Abschlusszeugnis zu beschämen.

Juni 1902

Die Wochen und Monate waren ins Land gezogen und Josephine hatte sich tatsächlich deutlich bemüht, um ihre Zensuren zu verbessern. Selbst an den Wochenenden hatte sie manchmal französische Verbformen auswendig gelernt und sich die Geschichte des Deutschen Reiches zu Gemüte geführt. Noch standen die Ergebnisse der letzten Prüfungen aus, aber Josephine hoffte, besser abgeschnitten zu haben als noch zu Beginn des Jahres. Vor allem aber wünschte sie der Standpauke ihres Vaters zu entgehen, falls ihre Noten doch nicht so gut ausgefallen wären.

Ein glänzendes Abschlusszeugnis im Reisegepäck hatte die dunkelhaarige Schwester, als sie in bester Laune aus der Kalesche kletterte, während der Kutscher sich um das Abladen ihres Gepäcks bemühte. Das weiße Gartentor, welches vom saftigen Ligustergrün umrankt wurde, war rasch durchquert und schon flog Helene die Stufen zur Waltherschen Haustür hinauf. Die Jüngste hatte längst das Klappern der Droschkenpferde vernommen und ließ die sehnlichst Erwartete eintreten und in ihre Arme sinken. Ein dunkler und ein grünbrauner Blick verflochten sich ineinander und die alte schwesterliche Innigkeit stellte sich ein. Helene war wieder zu Hause!

Bewundernd betrachtete Josephine das modern geschnittene neue Reisekleid, das farblich auf die feinen

Handschuhe und den cremefarbenen Hut mit Feder-schmuck abgestimmt war. Golden eingefasste Bern-steine schmückten Helenes Ohren. So sah also die neu-este Zürcher Mode aus! Josephine blickte an ihrem alten blauen Kattunkleid herunter, dem es an jeglicher Ele-ganz fehlte. Würde sie sich später auch so herrlich klei-den können wie ihre Schwester, die examinierte Lehre-rin?

„Ist Louis schon da?" hörten die Mädchen die Mutter rufen, während diese in weißer Bluse und braunem Rock, mit ihrer Goldkette spielend, aus der guten Stube in den Flur trat. „Ach, Helene! Wie schön!" Die Heimge-kehrte wurde auf beide Wangen geküsst und auch vom dazu getretenen Vater gedrückt, der ebenfalls mit dem weiteren Gast, Onkel Louis aus Brüssel, gerechnet hatte.

Jener fuhr eben in diesem Moment im Pferdefuhr-werk vor und wurde ebenso herzlich willkommen ge-heißen. Josephine besah sich diesen weit gereisten Onkel genau. Sein glattes braunes Haar trug er nackenlang, ein mächtiger Vollbart prangte unter seiner geraden Nase und die runden dunklen Augen blickten sich interessiert nach allen Seiten um. Man sah ihm nicht an, dass er in der Antarktis gewesen war, denn er trug einen hellen Sommeranzug mit einer dunklen Krawatte, genau wie der Vater. Allerdings lichtete sich des Vaters Haar in-zwischen, und Mutters aufgesteckter Dutt war mittler-weile völlig ergraut.

Als Mutter Paula ihren belgischen Schwager im Korridor stehen sah, läutete sie nach der Küchenperle, die sofort Kaffeewasser aufsetzte und verführerisch duftende Nussschnecken auf einer Servierplatte anrichtete.

Am Esstisch nahmen alle ihre Plätze ein, tranken Idas dampfenden schwarzen Kaffee und bissen in das köstliche Gebäck, während Onkel Louis begann, von seiner Polarexpedition zu berichten. Josephine hing, genau wie ihre Schwester, an seinen Lippen, als er von dem Expeditionsleiter, Adrien de Gerlache, erzählte, der den ausgedienten Robbenfänger „Belgica" für das Eismeer tauglich machen ließ und sich eine Mannschaft zusammensuchte. Onkel Louis' Reisebegleiter waren berühmte Männer aus Norwegen, Amerika und Rumänien wie Roald Amundsen, Frederick Cook oder Emil Racovita. Bei diesen Namen hielt sogar Vater Ludwig kurz den Atem an. Louis hatte für diese Prominenz gekocht! Die Walthers waren schwer beeindruckt.

Ausdrucksstark schilderte der Küchenmeister der „Belgica", wie der Dampfer auf der Hinfahrt in mehrere schwere Stürme geriet. In Feuerland mussten vier völlig überforderte Matrosen von Deck gehen, da ihre Belastbarkeitsgrenze überschritten war und de Gerlache sie nicht länger an Bord haben wollte. Tränen traten Josephine in die Augen, als sie von dem norwegischen Matrosen August erfuhr, der bei Kap Hoorn ertrank, als er Reinigungsarbeiten durchführen wollte und dabei in die eiskalten Wellen des Ozeans fiel. Unvorstellbar war jedoch der Bericht vom antarktischen Winter, als alle erkrankten, manche auch wahnsinnig wurden, als es kaum mehr etwas Vernünftiges zu essen gab und sich die Mangelernährung aller Mannschaftsmitglieder langsam bemerkbar machte. Erst als man begann, Robben und Pinguine zu jagen, und als Louis lernte, dieses für ihn unbekannte Fleisch zuzubereiten, besserte sich die Stimmung an Bord wieder. Allerdings wusste man nicht, wo genau die „Belgica" im Packeis eingeschlossen war! Man konnte nur abwarten und die Zeit für allerlei Forschungen nutzen. Nach 377 langen Tagen in der antarktischen Düsternis erreichte das Schiff, das Gott sei Dank dem Druck der Eismassen widerstanden hatte, offenes Wasser und konnte über Südamerika zurück nach Europa segeln.

Tief bewegt blickten die vier Walthers in das Gesicht des Onkels, der all diese unsäglichen Strapazen und Gefahren wohlbehalten überstanden hatte und nun hier bei ihnen saß.

Während der folgenden Tage, in denen Louis das Walthersche Gästezimmer bewohnte, kam man noch oft auf diese abenteuerliche Expedition zu sprechen. Bei den Spaziergängen zum Holzmarkt, im Forstbotanischen Garten oder an den Neckarhalden hörten die Mädchen Details über die enormen Streitigkeiten zwischen de Gerlache und Amundsen, die in der Regel der Schiffsarzt Cook schlichten musste. Als man mit dem Onkel den malerischen Ort Bebenhausen mit seinem

Kloster und Jagdschlösschen mitten im Grünen besichtigte, wurden die begierigen Zuhörer darüber in Kenntnis gesetzt, dass die „Belgica" überladen gewesen war. Man hatte Messgeräte, Vorräte und Munition in solchen Mengen an Bord gehabt, dass der Dampfer mehrfach beinahe gekentert wäre. Bei einer Ruderpartie auf dem Neckar vernahmen und bewunderten die Nichten die Tatsache, dass die Mannschaft ihres Onkels als erste den 71. Breitengrad Süd überschritten hatte und somit so weit südlich gekommen war wie keine Menschenseele zuvor. Dennoch waren Helene und Josephine, in der hellen Tübinger Sommersonne sitzend, insgeheim froh, die Qualen der Expeditionsteilnehmer nur aus den Erzählungen des Onkels und nicht am eigenen Leibe zu erfahren!

Während Onkel Louis über seine Rückreise nach Brüssel nachdachte und sich tatsächlich zwei Tage später auf den Heimweg machte, entschied Ludwig Walther, seine Frau mit den beiden Töchtern erneut nach Karlsbad in die Sommerfrische zu schicken. Zum ersten Mal würde man weite Teile mit der Eisenbahn zurücklegen können, was den Komfort deutlich erhöhte! Die Dampf- und Moorbäder hatten den Tübinger Damen von jeher gutgetan, also würde man auf Bewährtes zurückgreifen. Das berühmte Karlsbader Sprudelsalz sowie die Sprudelseife wurden im Waltherschen Haushalt verwendet, seit Großtante Annegrete sie ihnen zum ersten Mal geschenkt hatte.

Zwar wäre Josephine lieber nach Trier gereist, um ihren treuen Brieffreund dort zu besuchen, und sie wusste, dass ihre Schwester gerne einen längeren Aufenthalt in Stuttgart geplant hätte, um dort Julius Rilling, den Fotografen, wiederzusehen, doch der Vater hatte in dieser Angelegenheit ein Machtwort gesprochen, und so wurden Koffer und Körbe von den weiblichen Familienmitgliedern mit duftigen Kleidern und Sommerhüten bestückt.

Josephine war immer gerne nach Karlsbad gefahren, doch diesmal dachte sie daran, dass sie eigentlich zu alt war, um über die tüdelige Großtante Annegrete zu lachen. Auch erzählte die alte Dame immer dieselben Geschichten aus ihrer Jugend und man musste brav stillsitzen, höflich nicken und ihr zuhören.

Immerhin wäre diesmal Helene mit von der Partie, mit der man dies gemeinsam überstehen würde! Sicher könnte man auch über diverse „Kurschatten" tuscheln! In Karlsbad gab es jede Menge Mütter mit Söhnen im besten Alter, die sie passend zu verheiraten gedachten. Diese Bemühungen zu beobachten, fand Josephine jedes Mal wieder spannend.

Gesellschaftliche Ereignisse wie musikalische Soireen und Tanzabende hatten überdies einen gewissen Unterhaltungswert. Die sanften, bewaldeten Hügel, die hinter den mehrstöckigen Häusern emporragten, die Parkstraße, Karlsbads prachtvollste Allee mit der wunderschönen Synagoge, die alte und die neue Wiese, das alles schätzte Josephine sehr. Dennoch – Trier wäre ihr wesentlich lieber gewesen!

Der Abreisetag nahte und schon lud der Kutscher das sperrige Gepäck auf den wartenden Pferdewagen und brachte es mitsamt seinen Besitzerinnen zum Bahnhof. Winkend stand Ludwig Walther am weißen Gartentor in der Olgastraße und blickte den ratternden Rädern nach. Nun konnte er in aller Ruhe seine Schulangelegenheiten regeln und mit seinen alten Freunden, dem Tübinger Heimatforscher Wendelin Löffler und dem Medizinalrat Otto Vieroldt, bei einem Glas Wein historische Dokumente ihrer schönen Heimatstadt durchsprechen. Falls es ihm möglich wäre, würde er Mitte August für zwei Wochen nach Karlsbad reisen, um seine drei Damen nach Hause zu holen.

KAPITEL 9

September 1902

Endlich war die Regenperiode von milden Spätsommer-
tagen abgelöst worden, und so konnte Helene, frisch er-
holt zurückgekehrt aus Karlsbad, mit ihrer ehemaligen
Schulfreundin Else einen ausgedehnten Spaziergang am
Neckarufer entlang unternehmen. Lange hatten sich die
beiden Kameradinnen nicht gesehen, und nun galt es
aufzuholen, was man im Leben der anderen verpasst
hatte.

Unter mächtigen Platanen schritten die Mädchen neben-
einanderher, während das blaue Neckarwasser gemäch-
lich durch sein Flussbett strömte und die ersten grünen
Büsche sich bräunlich zu verfärben begannen. Vögel
zwitscherten lauthals von den umliegenden Ästen und
die noch warme Luft umstrich sanft die zwei Spaziergängerinnen.

„Vater ist voriges Jahr an einem Eiterzahn gestorben",
berichtete Else kummervoll, und Helene nahm das trau-
rige Mädchen sofort in die Arme und bekundete ihr Beileid. Else fuhr, tief atmend, fort, von dem mühseligen
Dasein der überarbeiteten Mutter, die auch des Nachts
über ihren Näharbeiten für die Kundschaft saß, zu berichten. Die jüngeren Geschwister konnten nicht mehr
alle zur Schule gehen. Die sechzehnjährige Minna hatte

begonnen, auf einem Bauernhof in Hagelloch am Rand des Schönbuchwaldes als Magd zu arbeiten, der fünfzehnjährige Alfred war als Knecht ebenfalls dort untergekommen. Somit musste die Mutter für zwei Esser weniger sorgen.

Else selbst arbeitete als Küchenkraft in der ehemaligen Badehalle, die jetzt das Restaurant-Café Ludwigsbad beherbergte. Manchmal durfte sie Reste der Speisen, die dort weggeworfen würden, mit nach Hause nehmen. Das war jedes Mal ein Fest für die kleinen Geschwister. Die Mutter war überaus froh, dass Else diese Anstellung gefunden hatte.

Helenes Lebensweg dagegen nahm sich kultivierter aus, denn sie war eine examinierte Lehrerin! Betrübt betrachtete sie ihre alte Schulfreundin, doch sie bewunderte auch deren Willen, die Familie zu unterstützen. Und das Restaurant-Café Ludwigsbad war durchaus eine elegante Gaststätte, vielleicht ergäbe sich für Else dort eines Tages die Möglichkeit, mehr als nur einen Hungerlohn zu verdienen. Um die Freundin mit den wunden roten Händen, die täglich in das heiße Spülwasser getaucht werden mussten, abzulenken, erzählte Helene von ihrer künftigen Aufgabe als Privatlehrerin.

„Stell dir vor, Else! Mein Vater hat einen Bruder in Ellwangen, Onkel Franz. Der hat dort Regiminalwissenschaften studiert und ist jetzt Amtmann beim Oberamt Ellwangen. Seine Tochter Johanna, meine Base, ist schon längst in Thüringen verheiratet. Die erste Frau von

Onkel Franz ist im Kindbett gestorben, mit der zweiten Frau, meiner Tante Roberta, hat er einen Sohn, meinen Vetter Karl, der elf Jahre alt ist."

Else unterbrach den Redeschwall der Freundin, blickte über die gelbgrün gefärbten Büsche, die sich in Richtung des träge fließenden Neckarwassers wölbten, und fragte: „Und nun?"

Da fuhr Helene, in die immer noch wärmende Septembersonne blinzelnd, fort: „Tante Roberta hat eine Schwester namens Adelheid, die mit ihrem Mann und ihren Kindern auch in Ellwangen wohnt, nicht weit von Onkel Franz entfernt. Der Mann von der Adelheid ist Martin Hirzel."

Sie holte tief Luft, um sich bei ihrem nächsten Satz nicht zu verhaspeln. „Er ist gerade Oberregierungsbaurat in der Generaldirektion der Königlich Württembergischen Staats-Eisenbahnen geworden."

Else lächelte und fragte, ob das etwas Gutes sei.

„Natürlich!" Helene richtete sich etwas auf. „Jetzt glaubt er, seine Kinder könnten nicht mehr in die Volksschule gehen. Er will einen Hauslehrer engagieren. Und da komme ich ins Spiel!"

Mit der Hand über ein paar Zweige streichend, schaute Else sie voller Staunen an. „Du wirst in Ellwangen als Privatlehrerin bei einem Oberregierungsbaurat arbeiten? Helene, das ist famos!"

Jene nickte, denn in einer Woche würde Mutter Paula ihre mittlere Tochter nach Ellwangen begleiten, damit

Helene ihre neue Unterkunft im Hause von Onkel Franz beziehen konnte. Von dort aus würde die Mutter die beschwerliche Reise nach England auf sich nehmen, zumal Tante Julie eine weitere Tochter geboren hatte, die auf den Namen Edith getauft werden würde. Paula war gebeten worden, Taufpatin zu sein. Wichtiger als das Wiedersehen mit ihrer Schwester und als die bevorstehende Taufe war für Paula allerdings die Tatsache, dass Barbara ihr erstes Kind erwartete und sie ersucht hatte, ihr zur Seite zu stehen.

Helene hätte ihre Mutter unglaublich gerne nach London begleitet! Sie vermisste ihre ältere Schwester sehr und die Briefe, die zwischen England und Württemberg hin und her gingen, konnten diese Sehnsucht herzlich wenig abmildern. Helene wüsste gern, wie es in der Oxford Street aussah und ob Barbara als eine Vines dort tatsächlich so glücklich war, wie ihre Zeilen es vermuten ließen. Zudem wünschte sich Helene, ihren ersten Neffen oder ihre erste Nichte kennenzulernen und Barbara als junge Mutter zu erleben!

Doch aus Pflichtbewusstsein wollte sie ihre Zusage in Ellwangen nicht zurückziehen. Vereinbart war, dass sie einige Monate ihren Vetter Karl sowie die fünf Hirzel-Kinder unterrichten würde: Fritz, der genauso alt war wie Karl, die Schwestern Martha und Erika, zehn und acht Jahre alt, sowie die siebenjährigen Zwillinge Adolphine und Luise. Damit hätte Helene ihre eigene kleine Volksschulklasse im Hirzelschen Schulzimmer zu betreuen. Der jungen Lehrerin hüpfte das Herz vor Freude bei dieser Vorstellung! Else gönnte ihrer Freundin diese Aussichten und bat sie, ihr regelmäßig von ihren Zöglingen zu berichten. Und während ein frischer Wind aufkam und erste welke Blätter von den Bäumen pfiff, trennten sich die beiden ehemaligen Schulfreundinnen mit dem Versprechen, einander zu schreiben, um sich nicht wieder aus den Augen zu verlieren.

Oktober 1902

Schon nach den ersten Tagen unter Onkel Franzens Dach in dem hübschen weißen Fachwerkhaus in der Priestergasse fühlte sich Helene recht heimisch in dem württembergischen Städtchen Ellwangen. Das Giebelzimmer, welches man ihr zugewiesen hatte, war hell und freundlich. Wenn sie dicht vor dem hölzernen Fensterkreuz stand, konnte sie direkt hinauf zum Schloss ob Ellwangen blicken, der Residenz der Ellwanger Fürstpröpste. Zur vollen Stunde erklang das Geläut der katholischen Stiftskirche St. Vitus sowie der evangelischen Stadtkirche im Chor, welche durch eine Tür miteinander verbunden waren. Da der Marktplatz mit den beiden Kirchen um die Ecke lag, musste Helene sich zunächst an den machtvollen Klang der historischen Glocken gewöhnen.

Tante Roberta, klein, mollig, auch energisch, und Onkel Franz, mit Glatze und runder Brille auf der roten Nase, hatten die Tübinger Nichte mit großer Warmherzigkeit begrüßt.

Gleich zu Beginn gab der Onkel der angehenden Privatlehrerin die Beschreibung des Oberamtes Ellwangen zu lesen. Da war von dem weiten Jagsttalkessel die Rede, in dem die Stadt lag, von Hügeln und Seen in der Umgebung und der eiförmigen Altstadt sowie der Ausdehnung in die Vorstädte. Ellwangen unterteilte sich in die geistliche und die weltliche Siedlung, welche von einer Stadtmauer, einem Wassergraben und einem Wall umschlossen war, stand dort geschrieben. Aus den Linden- und Eichenwäldern der Anhöhen rund um die Stadt ragten das Rechteck des fürstpröbstlichen Schlosses und die schimmernde Schönenbergkirche empor.

Nach Paulas Weiterreise Richtung Ärmelkanal hatte Onkel Franz tatsächlich am ersten Sonntag nach dem Kirchgang verfügt, dass man Helene die Umgebung mit dem Einspänner zeigte. So hatte sie einen Blick auf das helle Barockpalais der Grafen von Adelmann erspäht, auf den Postgasthof „Schwarzer Adler" mit seiner prunkvoll bemalten Fassade, die an die Besuche Mozarts und Goethes dort erinnern sollte, auf das historische Jesuitenkolleg mit einem herrlich verzierten Portal und auf sämtliche Kirchen der Umgebung. Helene gefiel, was sie sah, so sehr, dass sie beschloss, ihre Malutensilien, die sie für den Zeichenunterricht bei den Kindern eingepackt hatte, hervorzuholen und mit kleinen Skizzen von Ellwangen zu beginnen.

Helenes Antrittsbesuch bei Familie Hirzel, zu dem Tante Roberta sie schnaufend begleitete, gestaltete sich so nett wie erhofft. Das korpulente Ehepaar Hirzel, das ein paar Häuser weiter an der Ecke der Priesterstraße zum Priestertörle wohnte und über eine kultivierte, einnehmende Art verfügte, bestand darauf, Onkel Martin und Tante Adelheid genannt zu werden, denn man sei ja verwandt. Vom eifrigen Onkel Martin erfuhr Helene zunächst recht viel über die Königlich Württember-

gischen Staats-Eisenbahnen, über Zahnrad- und Tender-
lokomotiven, über Dampftriebwagen, Ausbesserungs-
werke und Drehgestelle. Ihr schwirrte der Kopf, als sie
mit Daten und Maßen überschüttet wurde, die sie beinahe alle wieder vergaß. Interessant für sie war die Information über den Streckenverlauf von Goldshöfe nach
Crailsheim, denn dieser Zug legte am Bahnhof Ellwangen einen Halt ein. Geistig machte sich Helene eine No-
tiz, dass sie die Geschichte des Eisenbahnwesens unbedingt auf ihren Lehrplan für die elfjährigen Jungen setzen würde.

Es gab ein eigens für den Privatunterricht eingerich-
tetes Schulzimmer, welches über ein dunkles Stehpult
für die Lehrerin verfügte. Davor standen drei Schul-
bänke mit Blick auf eine Wandtafel, auf deren Anschaffung Tante Adelheid besonders stolz war. An den weiß
getünchten Wänden prangte eine Karte des Königreichs
Württemberg sowie ein Schild, auf dem das Kurrent-
Alphabet in Groß- und Kleinbuchstaben abgebildet war.
Durch den geöffneten Fensterflügel drang die frische
Herbstluft herein und das muntere Geplätscher des dahinter liegenden Stelzenbachs war zu hören.

Die Vormittage im Schulzimmer, welche die frischgebackene Lehrerin mit ihren Schulkindern beim Unterricht verbrachte, waren von freundlicher Strenge, Respekt und Lerneifer geprägt. Die beiden dunkelhaarigen
Jungen, einer mit glattem, einer mit lockigem Haar, saßen ganz rechts und bemühten sich, das große Einmal-

eins auswendig zu lernen, während Martha und Erika in ihren neuen hellen Kittelschürzen und sorgfältig geflochtenen braunen Zöpfen in der mittleren Bank bestrebt waren, ihre Schönschreibübungen möglichst fehlerfrei zu absolvieren. Die blonden Zwillingsköpfe mit den rosigen Pausbacken beugten sich über ihre Fibel und buchstabierten, nicht ganz ohne Hilfe, ihre ersten Wörter.

Bald kannte Helene die Eigenheiten ihrer Zöglinge genau. Karl war ein strebsamer Schüler, der sich von nichts beirren ließ und seine Aufgaben bedächtig zu lösen versuchte. Die rasche Auffassungsgabe, die Fritz an den Tag legte, half ihm, den Lernstoff in kürzester Zeit zu bewältigen, um sich dann in eine Enzyklopädie, die sein Vater zur Verfügung gestellt hatte, zu vertiefen und zu warten, bis Karl auch so weit war. Martha, so vermutete Helene nach den ersten Stunden, war der klügste Kopf unter der Kinderschar. Ihr fiel der Lernstoff ohne Mühe zu, so dass ihr am Ende des Vormittags oft Zeit blieb, eigene Geschichten zu verfassen, die nur so aus ihr heraussprudelten und welche Helene des Nachmittags schmunzelnd las und korrigierte. Vielleicht würde aus Martha eines Tages eine Schriftstellerin werden. Erika verfügte über ein großes Zeichentalent. Wenn es galt, ein Gedicht in Schönschrift abzuschreiben und mit Bildern zu illustrieren, so vollbrachte Erika für ihr Alter wahre Glanzleistungen. Helenes Förderung dieser wunderbaren Begabung trug bei dem kleinen Plappermäulchen bald Früchte und die Zeichnungen wurden von Mal zu Mal besser und präziser. Der Spaßvogel unter den Geschwistern Hirzel war eindeutig Adolphine, die oft und herzlich lachte und die fröhlichen Seiten des Schullebens genoss. In Luise, dem stilleren Zwilling, hatte sie immer ein williges Publikum für ihre Späße. Im Gegenzug verbesserte Luise die Fehler Adolphines, bevor Helene sie zu Gesicht bekommen sollte. Dass die Lehrerin dieses Vorgehen schlichtwegs durchschaute, wussten die kleinen Schulanfängerinnen nicht.

Und so vergingen die Herbsttage wie im Fluge. Auf einem wunderbaren Spaziergang durch die Stadtmauer hinaus, über den Sebastiansgraben hinweg, raschelte das Laub unter sieben Paar Stiefeln, großen wie kleinen. Die kühle Oktoberluft erfrischte die Gemüter, die nach einer anstrengenden Rechenstunde eine Pause als wohltuend empfanden. Es ging den grünen Berghang über die gewundene Schlosssteige, von ausladenden Eichenkronen gesäumt, hinauf zum Schloss ob Ellwangen.

Als die Truppe einen grüngelben Kastanienbaum passierte, bückten sich die Kinder nach den stacheligen Kugeln, um ihnen ihre runden braunen Kerne zu entlocken. In den Manteltaschen tasteten sie auf dem weiteren Weg nach oben begeistert nach den herrlich glatten Kastanienfrüchten.

Unterwegs lernten die sechs Schüler, weshalb sich die Blätter an den Bäumen im Herbst bunt färbten. Fritz wusste bereits, dass sich das Blattgrün in dieser Jahreszeit aus den Blättern zurückzog, und Helene erklärte nun, dass dies nach Ende des Sommers mit dem Rückgang der Sonnenstunden zu tun hatte.

Vom Schlossplatz aus hatte man einen klaren Blick über das Städtchen, das unter einem in der Sonne lag. Der Morgennebel hatte sich verzogen und die braunen und weißen Häuser zwischen den grüngelben Baumkronen reckten ihre roten Dächer empor. Von hier oben sah man deutlich, dass die Ellwanger Altstadt wie ein Ei geformt war. Helene wies auf die nahe beieinander gelegenen Turmspitzen der Stiftskirche St. Vitus und der evangelischen Stadtkirche. Von dort war es nur ein Katzensprung bis in die Priestergasse, in der alle Kinderaugen angestrengt ihr Vaterhaus suchten.

Auf dem Rückweg tollten die Knaben wie wild über die Wiesen, Adolphine stand ihnen in nichts nach. Luise verweilte noch zögerlich bei den beiden älteren Schwestern, die sich brav in der Nähe der Lehrerin hielten, als Karl und Fritz im Übermut aneinanderstießen, auf dem noch leicht feuchten Gras ausrutschten und den Abhang hinunterkullerten. Helene blieb fast das Herz stehen! Was, wenn den Buben etwas passiert wäre?!

Sie raffte ihre Röcke, befahl den Mädchen, ihr auf der Schlosssteige nach unten zu folgen, und eilte, so schnell es ihr möglich war, den in die Tiefe gepurzelten Knaben hinterher. Schon entdeckte sie Fritzens dunklen Lockenkopf, dessen Stirn ein langer Kratzer zierte, während er sich sein Hinterteil rieb, auf das er gestürzt war. Karl lag ein Stück weiter auf der nassen Wiese, Strümpfe und Hose voller Grasflecken, und wimmerte leise. Voller Entsetzen sah Helene, dass er sich kaum aufrichten konnte. Sein Knöchel war verdreht und auch einige Finger der linken Hand schienen rot und geschwollen. Vorsichtig packte sie den Buben unter dem Arm und stellte ihn auf seine Füße, während langsam die vier Mädchen herantrotteten. Von Adolphines Keckheit war nichts mehr zu spüren, im Gegenteil, sie war um ihren verletzten Vetter ebenso besorgt wie ihre Schwestern.

Humpelnd bewegte sich Karl inmitten des kleinen Zuges abwärts. Fritz schlich, so rasch er konnte, auf sein Zimmer, wo er sich die Stirn wusch, neue Hosen anzog und, die dunkle Lockenpracht über den roten Striemen gekämmt, wieder im Schulzimmer auftauchte. Währenddessen hatte man Karl seiner Mutter übergeben, die ihm eine gehörige Standpauke hielt, dann aber das Dienstmädchen kommen ließ, damit Karls Knöchel und Finger mit einer lindernden Heilsalbe bestrichen und versorgt werden konnten.

Der nächste, ungefährlichere Lerngang, den Helene mit ihrer Schülertruppe wenig später unternahm, führte lediglich zur Stiftskirche St. Vitus am Marktplatz, um den Barock- und Rokokostil zu demonstrieren und abzeichnen zu lassen.

Einmal durften die Kinder Zeugen sein, wie Helene ihnen mit Hilfe einer Batterie die Wirkung von Elektrizität vorführte. Dies faszinierte vor allem Fritz außerordentlich, so dass er sich vorstellen konnte, später einen Beruf zu wählen, der sich mit elektrisch betriebenen Maschinen beschäftigte, wie beispielsweise Lokomotiven, von denen sein Vater immer erzählte.

Natürlich kam auch die Literatur Johanna Spyris nicht zu kurz. Martha und Erika sollten den beiden Kleineren abwechselnd aus „Heidi" vorlesen, was alle vier Schwestern durch und durch begeisterte. Luise schlug gar vor, man könne im Garten hinter dem Haus ein paar Ziegen halten und sie dann zum Weiden Richtung Schloss hinauftreiben. Adolphine dagegen war für die heimliche Anschaffung eines Kätzchens. Nächsten Sommer wolle man unbedingt in die Schweiz reisen, um Heidis Dörfli zu besuchen, darin waren sich alle Schwestern einig.

Für die beiden Knaben wählte Helene zunächst Novellen des berühmten Schweizer Schriftstellers Gottfried Keller als Lektüre aus und besprach mit ihnen den Zyklus der „Leute aus Seldwyla", bevor sie sich dem Württemberger Friedrich Schiller und seinen berühmten Balladen wie „Die Bürgschaft", die die Jungen auswendig lernen mussten, zuwandten.

Da die goldene Hochzeit der Leypolds, der Nachbarn, die zwischen Onkel Franz und Onkel Martin wohnten und praktisch zur Familie gehörten, bevorstand, plante Helene mit ihrer quirligen Truppe, ein Theaterstück zu verfassen, das anlässlich dieses Ereignisses vorgeführt werden sollte. Martha und Fritz würden die Hauptrollen übernehmen, Luise wollte gerne das Kind spielen, das am Ende die überraschende Nachricht zur Auflösung eines Rätsels überbringen durfte. Karl, Erika und Adolphine begnügten sich mit den Nebenrollen, wodurch für sie gleichzeitig weniger Text zum Auswendiglernen anfiel. Mit dem Abändern und Anpassen des Inhalts sowie dem Einstudieren der Darbietung würde man bis zur goldenen Hochzeit Ende Oktober vollauf beschäftigt sein. Zwar verfügte Helene nicht über Barbaras Erfahrung als Laienschauspielerin, doch sie würde sich größte Mühe geben, um aus den Kindern gute Darsteller zu machen!

Endlich war der große Tag da! Die Leypolds hatten mit ihren Gästen, Freunden und Verwandten, bereits zu Mittag gegessen, nun sollte das Theaterstück den Beginn des Nachmittags einläuten.

Helene versammelte ihre Schulkinder auf der Priestergasse um sich und wurde schon von Leypolds Dienstmädchen eingelassen und zum Festsaal im Obergeschoss geführt. In dem länglichen Raum befanden sich mehrere Stuhlreihen, die einer improvisierten Bühne zugewandt waren. Vor Aufregung bekam Luise einen Schluckauf, der sich nicht legen wollte, bis die ersten Zuschauer ihre Plätze einnahmen. Martha gefiel sich in ihrem bodenlangen Kleid, das aus einem alten Vorhangstoff eigens für diese Aufführung gefertigt worden war, und drehte sich mit ihrem breiten Strohhut stolz im Kreise. Dagegen murmelte Fritz noch einmal seine Textzeilen vor sich hin, um sich zu beruhigen. Adolphine und Erika trugen viel zu große Männerkleider, über die sie selbst immer wieder lachen mussten, wobei Helene hoffte, dass die Mädchen sich während des Spiels zusammenreißen würden, um nicht aus der Rolle zu fallen. Der einzig Vernünftige war Karl, der die benötigten Requisiten an die richtige Stelle schob, Erika und Adolphine ermahnte, ernst zu bleiben, und Martha auf die Schulter klopfte, damit sie ihre endlosen Pirouetten einstellte.

Helene hätte dies selbst erledigt, hätte sie nicht im Türrahmen einen jungen Mann erspäht, der eine verblüffende Ähnlichkeit mit Julius Rilling hatte. Julius konnte es keinesfalls sein, denn dieser Fremde war von dunklerem Typ, doch das Lachen und die Gesten, ja die schmale Statur, das alles erinnerte sie an den Fotografen, den sie bei Barbaras Hochzeit in Tübingen kennengelernt hatte. Als jener nun ein Stativ mit einem schwarzen Kamerakasten in der Nähe der Bühne aufstellte, konnte sich die junge Lehrerin nicht mehr auf das Theaterstück besinnen, sondern starrte diesen Fotografen, der Julius so auffällig ähnlich sah, unverhohlen an. In diesem Moment trat ein Doppelgänger hinter ihm hervor und Helene kam aus dem Staunen nicht mehr heraus.

„Sollte ich Sie kennen?", fragte Letzterer schließlich, als sie ihren Blick nicht mehr von ihm abwandte. Doch der alte Herr Leypold bewegte sich in jenem Augenblick an den Rand der Bühne, dankte Helene und ihren kleinen Darstellern für ihre Mühe und wünschte allen eine schöne Aufführung. Es blieb also keine Zeit mehr, sich mit den beiden Unbekannten zu unterhalten. Stattdessen schob sie Erika, die den Einleitungspart übernommen hatte, auf die Bühne und stellte sich selbst an die Seite, wo auch die anderen Kinder ihres Auftritts harrten.

Wie erwartet, erzielte das Stück einige Lacher. Erika wäre beinahe über ihre langen Hosenbeine gestolpert, Adolphine fiel außerplanmäßig der zu große Hut vom Kopf. Doch bei der Auflösung des Rätsels ganz am Ende applaudierte das Publikum, und schließlich standen alle sechs Kinder neben Helene am vorderen Rand des Bühnenvierecks und verneigten sich strahlend. Martha hatte im Eifer des Spiels hochrote Wangen bekommen und zwölf runde Augen glänzten vor Freude und Zufriedenheit.

Die Leypolds bedankten sich überschwänglich und stellten bei dieser Gelegenheit ihre beiden Enkelsöhne aus Stuttgart vor, die Zwillinge Oskar und Christian Rilling. Wie vom Donner gerührt vernahm Helene den Familiennamen der jungen Männer, die sich wie ein Ei dem anderen glichen.

„Ich kenne den Fotografen Julius Rilling", begann sie.

„Julius?", fragte einer der beiden überrascht.

Der andere lächelte betrübt. „Julius war unser jüngster Bruder. Dieses Jahr an Ostern ist er tödlich verunglückt. Es war ein Wanderunfall. Er ist in den Bergen abgerutscht und in eine Felsspalte gefallen."

„Wir waren sieben Brüder", erklärte der erste der fassungslosen Helene, „der älteste ist vor acht Jahren an der Russischen Grippe gestorben, und jetzt haben wir auch noch Julius verloren." Sie blickte von Oskar zu Christian und wieder zurück. „Mein Beileid", hauchte sie, dann sank sie ohnmächtig zu Boden.

Als sie wieder erwachte, lag sie bei den Leypolds auf dem Sofa. Einer der beiden schwarzhaarigen Rillings betupfte ihre Stirn mit einem nassen Tuch, während sie blinzelnd in den Raum schaute. Das verschwommene Bild ihres Begleiters wurde immer klarer. Die Ähnlichkeit mit Julius, dem verstorbenen Bruder, war so frappierend, dass Helene es kaum glauben konnte, nicht Julius vor sich zu haben. Diese grünen Augen, wie Tümpel in der Sonne, diese Grübchen rechts und links der Mundwinkel!

Erschöpft sank das Mädchen zurück in die Kissen. Der junge Rilling, der bei ihr geblieben war, während der andere seine Großeltern an die Kaffeetafel begleitet hatte, sagte, er sei Oskar. Er blickte die blasse Gestalt auf dem Sofa lange an, sann augenscheinlich über etwas nach und fragte dann: „Sind Sie Helene Walther?"

Auf ihr Nicken hin berichtete er von seiner und Julius' Osterreise in die Schweiz, auf der sie im Zugabteil einem Mann begegnet seien, einem Kunsthistoriker. Oskar überlegte, schließlich fiel ihm der Name wieder ein:

Löffler. Im Gespräch habe man herausgefunden, dass Julius und er eine gemeinsame Tübinger Bekannte hatten: Helene Walther. Löffler habe in den höchsten Tönen von ihr geschwärmt, von der Verbundenheit berichtet, die sich während der Sommerakademiewochen zwischen ihnen eingestellt habe, und Oskars Bruder klar gemacht, dass er, Löffler, sobald Helene ihre Lehrerinnenausbildung beendet haben würde, um ihre Hand anhalten wollte.

Während ihrer gemeinsamen Wanderung habe Julius von Helene gesprochen, dass er mit Löffler nicht mithalten könne und sich das Mädchen aus dem Kopf schlagen müsse. Dann passierte das Unglück und Oskar habe seitdem nicht mehr an die Konversation in der Eisenbahn gedacht, bis heute.

Tröstlich legten sich Oskars Worte um Helene wie ein Mantel: Julius hatte durchaus an sie gedacht! Er hatte nun seinen Frieden gefunden, so musste auch sie mit der Tatsache leben, dass sie ihn niemals wiedersehen würde. Erschüttert, aber dankbar blickte sie Oskar an und es entspann sich ein Gespräch über Julius, über die Rillings, über Stuttgart, aber auch über Oskar selbst, der Orgel und Klavier spielte und als Dozent am Konservatorium Stuttgart tätig war.

Er erging sich in Lobeshymnen über seinen Orgellehrer Samuel de Lange, der auch das Konservatorium leitete und der selbst Orgel bei einem Schüler Franz Liszts studiert hatte. Helene war mächtig beeindruckt von Oskars musikalischer Karriere.

Bescheiden berichtete sie von ihrer Ausbildung am Lehrerinnenseminar in Zürich, vom Bergpanorama um den schönen Zürichsee, von der beeindruckenden Stadt. Sie erwähnte ihr Hauptfach Musiktheorie mit Gesang, und dass sie Geige spielen konnte. Dies wiederum fand Oskar wunderbar, und sie begannen über verschiedene Kompositionen zu fachsimpeln. Am Ende erzählte Helene, dass ihre Musiklehrerin den berühmten Felix Mendelssohn Bartholdy persönlich gekannt hatte.

„Meine Tante Ludovica kannte Mendelssohn ebenfalls", nickte Oskar. „Sie wohnt in der Schweiz, genau wie Sie, Fräulein Walther."

„Heißt Ihre Tante zufällig Ludovica von Wyss?"

Oskar nickte verwirrt.

„Dann sprechen wir von derselben Person! Sie war meine Musiklehrerin am Zürcher Lehrerinnenseminar!", rief Helene aus.

„Was für ein Zufall!", bemerkte Oskar, während sich sein grüner Blick in Helenes dunklem verfing. Sie fühlte sich auf unbeschreibliche Weise angezogen von ihm. Er hatte das gewisse Etwas, das auch Julius besessen hatte. Oskar sah zuerst weg.

„Es scheint, als hätten wir einiges gemeinsam," beschloss der junge Rilling den Gedankenaustausch, der sich von der Bewältigung der Tragödie hin zu positiveren Themen entwickelt hatte. Er bat darum, Helene

schreiben zu dürfen, sobald er nach Stuttgart zurückgekehrt sei. Dies freute Helene außerordentlich, denn sie
konnte sich Oskars Charme kaum entziehen. Auch
wenn er nicht Julius war – er übte eine seltsame Faszina-
tion auf sie aus!

„Meinen Sie, Sie könnten mich jetzt an die Kaffeetafel
begleiten? Wir wollen einmal sehen, ob man uns noch
ein Stück Torte übriggelassen hat!"

Mit diesen Worten half Oskar dem jungen Mädchen
beim Aufstehen. Gemeinsam begaben sie sich nach ne-
benan, wo sie frisch aufgebrühter Kaffee und ein lebhaf-
tes Stimmengewirr empfing.

KAPITEL 10

März 1902

Als der junge Mister Vines mit seiner deutschen Gattin aus den Flitterwochen in Italien und Frankreich nach London zurückkehrte, war gerade ein nasser Monat März dabei, seine Regenfluten über der Stadt auszuschütten. Die gelben Köpfe der Winterlinge und die hübschen Glöckchen der weißen Märzenbecher wurden von den Wassermassen niedergedrückt. Eine Horde schwarzer Regenschirme stürmte über das Kopfsteinpflaster, jeder hatte es eilig, wieder ins Trockene zu kommen. Verhaltene grüne Blattspitzen zeigten sich hier und da an den hohen Baumkronen, doch die Pappeln in der Oxford Street ließen sich Zeit und auf eine wärmende Frühlingssonne wartete man noch vergebens.

Mit unzähligen herrlichen Erinnerungen an selige Flitterwochenstunden in trauter Zweisamkeit, an die Prachtbauten in Venedig und Paris sowie an das mildere Klima in den bereisten Ländern, galt es nun, sich in einen neuen Londoner Alltag einzufinden.

Die Wohnung in der ersten Etage eines herrschaftlichen Hauses in der Oxford Street, fußläufig von Samuels Elternhaus zu erreichen, war fast vollständig eingerichtet. Fleißige Helferinnen hatten auch die deutschen Aussteuerkisten ausgepackt und so waren, Stück für Stück,

Kleider, Tischdecken, Servietten, aber auch Porzellan und Kristall in die entsprechenden Schränke gewandert. Barbara freute sich über ihr neues Heim, das im Gegensatz zum Grau in Grau vor den Fenstern in frischer Gemütlichkeit erstrahlen würde. Sie war sehr stolz, denn sie durfte jetzt zum ersten Mal entscheiden, welche Bilder an den Wänden hängen sollten, welche Vorhänge sie für den Salon nähen ließ und, noch viel wichtiger, welche Haushaltshilfe eingestellt werden würde. Dabei hatte sie völlig freie Hand, da ihr frischgebackener Ehemann sich in London in seine Arbeit für das botanische Journal der Linné-Gesellschaft stürzte und für Haushaltsbelange kaum ansprechbar war.

Auf eine Annonce hin hatten sich bei den jungen Vines mehrere Bewerberinnen um die Stelle gemeldet und nun galt es, die geeignete Frau dafür auszuwählen. Von Seiten ihrer Schwiegermutter erwartete Barbara keinerlei Hilfe. Catherine machte aus ihrer Abneigung ihr gegenüber keinen Hehl, dasselbe galt für Samuels hochmütige Schwester Jessie, die sich oft herablassend über die neue Schwägerin äußerte. Egal, wie sehr sich Barbara anstrengte, Catherines Maßstäben konnte sie nie genügen. Einmal war ihr Englisch zu holprig, ein anderes Mal das von Barbara gewählte Kleid dem Anlass der Teegesellschaft, zu der Catherine gerne in die Oxford Street einlud, nicht angemessen. Dann wurde die Deutsche als ungebildet bezeichnet, als ihr historische Details der Stadtentwicklung Londons nicht geläufig waren, und schließlich befunden, sie könne in Sachen Schönheit ihrer Schwägerin Jessie, deren perlende dunkle Haarpracht ein Augenschmaus war, nicht das Wasser reichen. Von den Worten ihrer Mutter beflügelt, machte die kokette Jessie allen gutaussehenden Männern in ihrem Umkreis schöne Augen, wurde zu etlichen Landpartien und Soireen eingeladen und ließ sich von jedem hofieren, was bereits Anlass zu Getuschel in gewissen Londoner Kreisen gab.

Um Samuels willen überging Barbara tapfer die Kränkungen ihrer Schwiegermutter, mied ihre Schwägerin, wo es möglich war, und bat nun Tante Julie, ihr bei der Suche nach einem passenden Hausmädchen beizustehen.

Und so saßen eines Samstagnachmittags Barbara und ihre Tante, welche ihre Sprösslinge Ernest, Edward und die kleine Eliza in der Obhut des Kindermädchens Judith in der Regent's Park Road zurückgelassen hatte, in der frisch tapezierten Wohnstube des jungen Paares. Die neuen hellgrünen Vorhänge nahmen sich herrlich zu den gestreiften cremefarbenen Wänden aus und bauschten sich, als die Tür sich öffnete und die Vorstellungsrunde begann.

Die erste Bewerberin war ein sechzehnjähriges Mädchen vom Lande, das extra für dieses Gespräch mit dem Zug in die Hauptstadt gefahren war und mehrfach geflickte, aber saubere Kleidung trug. Es hatte keinerlei Erfahrung vorzuweisen, sprach einen beinahe unverständlichen Dialekt und trat insgesamt sehr unsicher auf. Voller Bedauern entließ die Hausherrin Barbara das Mädchen schließlich mit einer Absage. Man müsse sich zugegebenermaßen irgendwie verständigen können, meinte auch Tante Julie, die Barbaras Bedenken teilte.

Nummer zwei war deutlich älter, schon an die vierzig Jahre alt, mit einem grauen Dutt und verkniffenem Mund. Zwar konnte diese Bewerberin mehrere Stellungen als Köchin vorweisen, allerdings machte Barbara stutzig, dass sie nie länger als ein bis zwei Jahre im selben Haus gearbeitet hatte. War es schwierig, mit dieser Person auszukommen? Als auch Tante Julie kaum merklich den Kopf schüttelte, war klar, dass Barbara hier keinerlei Hoffnungen aufkommen lassen sollte. Das Erscheinungsbild der zweiten Bewerberin strahlte überdies wenig Positives aus und so wurde sie nach kurzer Konversation mit einer Absage nach draußen geschickt.

Das dritte Mädchen erinnerte Barbara an ihre blondgelockte Tübinger Freundin Susanna und schien ihr auf Anhieb sympathisch. Allerdings stellte sich heraus, dass es bereits eine Stelle hatte und diese auch erst in einigen Wochen kündigen könnte. Damit schied bedauerlicherweise auch die dritte Bewerberin aus, denn die jungen Vines benötigten dringend sofortige Hilfe.

Dass die Suche nach einer Haushaltsperle sich so schwierig gestalten würde, hatte Barbara nicht im Traum geahnt. Zu Hause in Tübingen hatte sie Idas Dienste für die Familie immer als selbstverständlich hingenommen. Wie Mutter Paula es geschafft hatte, ein solches Juwel für die Küche und das Haus zu finden, war Barbara schleierhaft. Jedenfalls wusste sie nun viel mehr zu schätzen, was Ida täglich für die Walthers tat. Aus dem Haushalt in der Olgastraße war sie nicht wegzudenken!

Und weiter ging die Vorstellungsrunde. Als Nächstes betrat eine Frau Ende zwanzig die Wohnung in der Oxford Street, die ehrlich zugab, noch nie eine Stellung gehabt zu haben. Allerdings sei sie erst seit Kurzem verwitwet und müsse nun für ihren Lebensunterhalt und den ihrer alten Mutter aufkommen. Barbara vermutete, dass diese vierte Bewerberin für das Vorstellungsgespräch ihr bestes Kleid angezogen hatte, denn sie saß damit vorsichtig auf ihrem Stuhl, darauf bedacht, es nicht zu zerknittern. Sie hatte ein ehrliches Gesicht mit großen Augen, erste Falten auf der Stirn, die aufgesteckten dunklen Haare waren von einzelnen Silberfäden durchzogen. Barbara warf ihrer Tante einen fragenden Blick zu und erhielt ein kaum wahrnehmbares Nicken zurück. Damit war die Sache entschieden. Freundlich gratulierte die junge Hausherrin ihrer neuen Angestellten, die Elsie gerufen wurde, zu ihrer Stelle. Sie würde am folgenden Morgen zur Arbeit antreten und von Barbara eine Einweisung in die Haushaltsführung der jungen Vines sowie eine eigene kleine Kammer mit Dachschräge erhalten.

Die beiden weiteren Bewerberinnen, die noch im Treppenaufgang warteten, wurden weggeschickt.

Erleichtert wandte sich Barbara Tante Julie zu, als die Tür sich hinter der lächelnden Elsie schloss, der sichtlich ein Stein vom Herzen gefallen war.

„Das war die richtige Entscheidung", ließ Julie ihre Nichte wissen. „Elsie wird dich sicher nicht enttäuschen. Dafür ist diese Stellung hier zu wichtig für sie." Barbara nickte, denn diesen Eindruck hatte sie auch gewonnen.

„Und nun lass uns einen Tee trinken und über die Freuden der kommenden Mutterschaft sprechen", schlug Julie vor, während sie über die kleine Wölbung unter ihrem rosafarbenen Kleid strich und bedeutungs- voll auf Barbaras noch flachen Bauch schielte, der eben- falls bald zeigen würde, dass die frischgebackene Ehe- frau ein Kind unter dem Herzen trug.

Gemeinsam mit der Tante hatte Barbara nachgerech- net: Tante Julies viertes Kind würde mitten im Sommer zur Welt kommen, Barbaras Nachwuchs im Herbst. Bald standen dampfende Teetassen vor den beiden werden- den Müttern, die voller Freude über die Vorzüge des Pu- ders von Johnson & Johnson sprachen, welcher bei den drei Cross-Kindern verwendet und sehr gelobt wurde. Wie man wickelte, wusste Barbara bereits dank ihres Einsatzes bei Eliza, doch Windeln mussten noch genäht werden. Zusammen würde man einen Kinderwagen für Barbaras Säugling aussuchen. Von Jahr zu Jahr fertigte man modernere Modelle, bemerkte Julie mit einem

Kopfschütteln, dabei musste doch nur ein kleiner Erden-
bürger darin liegen können.

Besondere Freude bereiteten Tante Julie die Überle-
gungen, welche Vornamen diesmal in Frage kämen. Bisher hätten all ihre Kinder einen Namen mit E bekommen, daher wolle sie das beibehalten. Edwin? Besser
wäre Edgar! Oder Eva? Emma? Ellinor? Nein – Edith!
Das würde sie am Abend ihrem Mann vorschlagen.

Barbara war völlig unentschlossen. Sie wusste, dass
Samuel seinen Erstgeborenen gerne nach seinen Eltern
benennen würde, doch damit war sie nicht einverstanden. Sie wollte, dass ihr Kind einen eigenen Namen erhielt! Peter oder Daniel, Ruth, Clara oder auch Alice,
man würde sehen, wozu sie Samuel überreden könnte.
Bevorzugt würde sie einen Namen wählen, der auch im
Deutschen gebräuchlich war. Schließlich hatte Barbara
im Sinn, ihrem Kind von Anfang an Deutsch beizubringen und es auch mit ihrer alten Tübinger Heimat vertraut zu machen. In der Londoner Umgebung würde es
sowieso perfektes Englisch erlernen, und so könnte es
zweisprachig aufwachsen und von diesem Vorteil auch
noch als Erwachsener profitieren. Wer wusste schon,
was aus ihrem Sohn oder ihrer Tochter einmal werden
würde und wofür man beide Sprachen gebrauchen
könnte. Sie erinnerte sich an ihre eigenen Schulstunden
zurück, an die vielen Englischvokabeln, die sie sich
mühsam aneignen musste. Das würde ihrem Kind erspart bleiben, dachte sie voller Heiterkeit.

Am liebsten wäre Barbara, wenn ihre Mutter sie rund um die Geburt unterstützen würde. Gemeinsam mit Julie schmiedete sie einen Plan: Wenn Julie ihre Schwester Paula bitten würde, Taufpatin ihres vierten Kindes zu werden, wäre diese zu Barbaras Niederkunft auf jeden Fall in London! Die Taufe würde man im Herbst feiern, deutete Julie lächelnd an.

Strahlend nickte Barbara zu diesem wunderbaren Vorschlag. Julie wollte ihrer Schwester – Roberts Einverständnis vorausgesetzt – rechtzeitig schreiben, um alles wie vorgesehen in die Wege zu leiten.

August 1902

Während die weißen Schäfchenwolken über Londons strahlend blauem Himmel friedlich dahinzogen, bahnte sich im Hause des Professors in der Oxford Street eine gesellschaftliche Katastrophe an. Vom verzweifelten Samuel erfuhr Barbara eines Tages, dass Sydney Vines herausgefunden hatte, dass seine einzige Tochter guter Hoffnung war, aber nicht sagen wollte, wer der Vater sei. Der gute Ruf der Familie stand auf dem Spiel, noch wisse man in der Öffentlichkeit nichts davon und das solle auch so bleiben.

Fieberhaft suchten die männlichen Familienmitglieder nach einer Lösung für das Problem, welches nicht mehr ungeschehen gemacht werden konnte. Unmöglich schien es, Jessie dazu zu bewegen, den Namen des Kindsvaters preis zu geben. Barbara vermutete, dass er verheiratet war und Jessie sich daher keinerlei Hoffnungen machte, er würde sie zur Frau nehmen. Wo würde man in aller Schnelle einen Mann auftreiben, der Jessie in ihrem Zustand ehelichen würde?

Das junge Ehepaar Vines saß auf seinem kaffeebraunen Sofa, Barbara betrachtete wieder einmal zufrieden die grünen Vorhänge. Die angehenden Eltern ließen sich von Elsie den Five o'clock Tea bringen. Gedankenverloren rührte Samuel Zucker in seinen frisch aufgebrühten Schwarztee, den Elsie ihm eben zu den appetitlichen Gurkenhäppchen serviert hatte. Unbewusst strich

Barbara voller Liebe über ihren gewölbten Leib unter ihrem weit geschnittenen Kleid und dachte daran, dass ihr Kind bald einen Vetter oder eine Base bekommen würde, allerdings unter völlig anderen Umständen. Ob die einst so hochmütige Jessie jetzt wohl mit ihrem Schicksal haderte? Barbara kostete von Elsies Weißbrotscheiben, die mit Butter bestrichen und mit hauchdünnen Gurkenscheiben belegt waren und die sie in ihrem Zustand mit Wonne verschlang.

Nach einigem Grübeln erinnerte sich Samuel eines Studienfreundes aus Schottland, der ihm möglicherweise behilflich sein könnte bei der raschen Suche nach einem Gatten für seine Schwester. Ein teures Telefongespräch nach Linlithgow Palace im schottischen West Lothian wurde von dem neuen, im Erdgeschoss des Hauses befindlichen Apparat angemeldet, und nach einer kurzen Konversation kam Samuel recht zufrieden zurück zu Tisch, um Barbara Bericht zu erstatten. Samuels Freund wusste von einem gewissen Lord Cairnpapple, einem verschrobenen Junggesellen, und dass dieser alles geben würde, um einem Nachkommen sein Hab und Gut zu hinterlassen. Er würde sicher einwilligen, Jessie zu ehelichen und das Kind als Erben anzuerkennen. Allerdings hatte Lord Cairnpapple die Dreißig schon überschritten und war als eigenbrötlerisch bekannt.

Erleichtert blickte Barbara ihren Mann bei dieser Mitteilung an: Eine Lösung, die Anlass gab zu hoffen, bahnte sich an! Samuel küsste seine Frau und verabschiedete sich dann, um zu Fuß hinüber zum Professorenhaus zu eilen. Er wollte diese heikle Geschichte möglichst zügig mit seinem Vater und seinen Brüdern besprechen, denn Sydney Vines würde in Verhandlungen mit Lord Cairnpapple eintreten müssen, um die Dinge für Jessie zu ordnen und eine Einigung zu erzielen. Eine gewisse Summe wäre dabei von Nöten, um Lord Cairnpapple bei der Erneuerung seines baufälligen schottischen Gutshofes auf Cairnpapple Hill unter die Arme zu greifen.

Wie Barbara später von ihrem Mann zu hören bekam, sträubte sich Jessie nicht gegen eine Verheiratung mit einem Lord, im Gegenteil. Die Aussicht darauf, bald eine Lady zu sein, beflügelte sie so sehr, dass sie die Londoner Gesellschaft begeistert über ihre bevorstehende Eheschließung in Kenntnis setzte. Da die Kreise, in denen Jessie sich zu bewegen pflegte, Lord Cairnpapple nicht persönlich kannten, vermutete jeder, sie habe einem gutaussehenden jungen Landadeligen den Kopf verdreht.

Man reiste folglich zu dem mächtigen Haining Castle, weit genug entfernt von Cairnpapple Hill, so dass kein Aufsehen erregt würde. Den steinernen Bau, der sich auf einer grünen Anhöhe in den Himmel reckte, umgaben einzelne Kiefern und Lärchen. Als Samuels Schwester dem Lord dort bei einer rasch organisierten Trauung durch einen verschwiegenen schottischen Pfarrer gegenüberstand, musste sie sich allerdings zusammen-

147

nehmen, um in eine Ehe mit diesem seltsamen Kauz ein-
zuwilligen. Sydney Vines ließ keinerlei Zweifel bei seiner Tochter aufkommen, dass er ein Nein nicht dulden
würde. Daher verlief die unspektakuläre Zeremonie,
wie Samuel seiner Frau im Rückblick berichtete, ohne
Zwischenfälle.

Im Anschluss zog Jessie als Lady Cairnpapple in das
recht heruntergekommene, altehrwürdige Gutshaus auf
Cairnpapple Hill ein, wo sich die Dienerschaft herzlich
freute, neues Leben in den Mauern des langjährigen Fa-
miliensitzes der Cairnpapples begrüßen zu dürfen.

November 1902

Mit einem Blick nach oben auf die fantastische rot-schwarze Backsteinfassade der anglikanischen All Saints Church in der Margaret Street, ein paar Schritte von der Oxford Street entfernt, trat Barbara neben ihrem lächelnden Mann durch das dunkle Kirchenportal in das Innere dieses hochgotischen Kunstwerks. Während Barbara, jedes Mal aufs Neue, die reich verzierten Spitzbögen im Kirchenraum bewunderte, wanderten ihre Gedanken zurück zur Entbindung vor acht Wochen.

Mutter Paula hatte es nicht rechtzeitig geschafft, um dabei zu sein, als der kleine Peter, der es plötzlich ziemlich eilig gehabt hatte, das Licht der Welt erblickte. Allerdings hatte Barbara eine fähige Hebamme an ihrer Seite gehabt, und schon konnte sie ihren Erstgeborenen im Arm halten und ihm über den blonden Flaum streichen, der sein wunderbar duftendes Köpfchen bedeckte. Barbara hatte nicht gewusst, zu wieviel Liebe eine Mutter fähig war! Nun verstand sie, dass ihr Klein Peter mehr bedeutete als alles auf der Welt! Und heute sollte er den heiligen Segen der Taufe empfangen.

Hinter Barbara betrat Howard, der hochgewachsene Schwager, der in London noch seinem Mathematikstudium nachging, das imposante Kirchenschiff, den Täufling im weißen Spitzenkleide im Arm. Die frischgebackenen Eltern hatten Samuels Bruder Howard gebeten, Peters Taufpate zu sein, und dieser hatte mit Freuden zugestimmt. Über den kunstvoll gemusterten Marmorboden schritten Barbara, Samuel und Howard nun bis zur ersten Kirchenbank, um sich dort niederzulassen. In der zweiten Reihe saß Mutter Paula, die ihre Abreise nach Tübingen für den kommenden Morgen anberaumt hatte, neben Sydney Vines und dessen Sohn Percy, welcher im kommenden Frühjahr seinen Schulabschluss machen würde und beschlossen hatte, Schriftsteller zu werden. Dass Catherine, mittlerweile beinahe taub, wieder an einer fiebrigen Ohrenentzündung litt und daher die Taufe ihres ersten Enkels verpasste, fand Barbara zwar schade für ihren Mann, sie selbst vermisste die Zurückweisungen der Schwiegermutter allerdings nicht.

Pfarrer Jeremiah White, der seit vielen Jahren in der All Saints Church seinen Dienst versah und den Vines wohlbekannt war, gestaltete die Taufzeremonie sehr festlich. Man hatte Percy, der sich sehr geehrt fühlte, gestattet, die Lesung aus der Bibel vorzutragen. Gemeinsam sang man das bekannte Tauflied „Guide Me O Thou Great Redeemer" und Barbara wünschte dem jüngsten Vines-Spross, er möge in seinem Leben vom großen Erlöser und Herrn geleitet werden, ganz wie die erste Strophe des Liedes es andeutete. Machtvolle Orgeltöne untermalten den Gottesdienst, auch die Holzschnitzereien und zahlreichen Gemälde im Inneren des Kirchenraumes verfehlten ihre Wirkung auf die Taufgesellschaft nicht. Barbara traten vor Rührung die Tränen in die

Augen, als mit dem Taufwasser das heilige Kreuz über ihrem friedlich schlafenden Sohn geschlagen wurde. Was für ein wunderbares Bild, das sie nie vergessen würde: Peter in seinem weißen Kleid und dem Spitzenhäubchen in Howards Armen, dahinter der Pfarrer im weißen Talar, Chorhemd und weiß bestickter Pelerine. Die Szene wurde vom weichen Kerzenschein beleuchtet und die kunstreiche Holzvertäfelung mit vielen bunten Heiligenstatuetten erweckte den Anschein, als ob Peter den Segen aller Heiligen empfinge. Als Barbara spürte, wie Samuel sie von der Seite innig anblickte, wusste sie, dass er ebenso empfand.

KAPITEL 11

Mai 1903

„Was schreibt Barbara?" Interessiert blickten die beiden Eltern Walther ihre Jüngste an und baten sie, aus dem Londoner Brief vorzulesen.

Unsere Reise nach Cairnpapple Hill gestaltete sich langwierig, da die Kutsche mehrfach im Matsch stecken blieb und der Kutscher all seine Kunst aufbieten musste, um die Räder wieder gangbar zu machen. Dass ich darauf bestanden hatte, Peter und sein Kindermädchen, unsere verlässliche Nelly, mit nach Schottland zu nehmen, stieß bei meinem Gatten nicht auf Begeisterung. Dennoch gab er seine Einwilligung, und nach zwei anstrengenden Reisetagen erreichten wir Cairnpapple Hill.

Der prähistorische Steinkreis auf einem künstlich aufgeschütteten Hugel, umgeben von einer mit Kieseln übersäten Grasnarbe, ist beeindruckend anzusehen. Angeblich soll sich hier eine Jahrtausende alte Grabkammer befunden haben, Genaueres weiß man darüber nicht. Idyllisch auf einer kleinen Anhöhe gelegen, ragt unweit des Kreisbogens das steinerne Gutshaus der Cairnpapples aus einer malerischen Kieferngruppe, umgeben von Wacholder, heraus.

Der Lord begrüßte uns freundlich, er schien bester Laune zu sein, hatte Jessie ihm doch den ersehnten Erben geschenkt, einen kleinen James, benannt nach sämtlichen erstgeborenen Cairnpapple-Söhnen. Der Säugling ist entzückend, seine Kleider exquisit. In der Gutsbibliothek hängt bereits ein erstes Gemälde von Lord und Lady Cairnpapple mit dem Knaben im Arm.

Nun zu unserer Jessie, diese ist wie verwandelt: ruhig, in sich gekehrt, im Vergleich zu früher beinahe fade. Die schönen Seiten des Mutterseins merkt man ihr nicht an. Still hält sie sich an der Seite ihres Gatten, nach Glück sieht das für mich nicht aus.

Dagegen bereitet uns unser kleiner Peter nichts als Freude. Er ist ein Wonneproppen, lächelt und brabbelt erste unverständliche Laute vor sich hin.

Die Vortragende ließ das Blatt sinken und blickte ihre Eltern fragend an: „Wann werde ich meinen hinreißenden Neffen endlich kennenlernen?"

Josephine wusste, dass es ihr in ihrem Abschlussjahr nicht möglich war, nach London zu reisen, um die geliebte älteste Schwester mit ihrer Familie dort zu besuchen.

Ernsthaft hatte sich Josephine auf ihre Prüfungen vorbereitet, hatte an manchen Fächern mehr Gefallen gefunden als an anderen, und wartete nun gespannt die Ergebnisse und die Verleihung der Zeugnisse ab.

In Geschichte und Religionsgeschichte hatte sich die Plackerei sicherlich ausgezahlt, glaubte das dunkelblonde Mädchen. Auch in Gesang dürfte Josephines Vortrag der Romanze „Der Vollmond strahlt auf Bergeshöh'n", vertont von Franz Schubert, aus dem Schauspiel „Rosamunde", die Zustimmung des Musiklehrers gefunden haben. Mit dem Rechnen stand Josephine nach wie vor auf Kriegsfuß, doch die Erzählungen Joseph von Eichendorffs hatte sie begierig gelesen, ebenso wie eine Kurzbiografie des berühmten Württemberger Schriftstellers Friedrich Schiller, einem Freund Goethes. Eichendorff, Schiller und Goethe waren Teil der Literaturprüfung gewesen, die Josephine nicht recht einschätzen konnte.

Ludwig Walther hoffte, seine jüngste Tochter habe ihm mit ihren Zensuren keine Schande bereitet. Gedanken machte sich Ludwig mit seiner Frau darüber, wie man nun mit Josephine weiter verfahren würde. Unterricht bei einem Hauslehrer? Eine Reise nach London zur ältesten Schwester? Oder gäbe es einen geeigneten Heiratskandidaten für die Jüngste?

Was sie nach ihrer Realschulzeit anfangen würde, wusste Josephine selbst noch nicht genau. Ihre schmale, dunkelhaarige Schwester war sich sofort darüber im Klaren gewesen, dass sie eine Lehrerinnenausbildung machen wollte. Helenes Jahr in Zürich musste trotz der harten Arbeit herrlich gewesen sein! Josephine seufzte, als sie an schneebedeckte Alpengipfel, saftige grüne

Wiesen und tiefblaue Bergseen dachte, an das drollige Schweizerdeutsch und an die leckeren Süßigkeiten, die Helene damals aus Zürich mitgebracht hatte. Dass der Lehrberuf nichts für sie selbst war, wusste Josephine sehr wohl.

Und was hatte die älteste Schwester nach ihrem Schulabschluss getan? Ach ja, zunächst hatte sie Privatstunden zusammen mit ihrer Freundin Susanna und deren Schwester Bettine genommen. Doch dann hatten die Eltern sie nach London geschickt, um Tante Julie mit den Kindern zur Hand zu gehen. Und dort hatte sie, durch die Rettung aus dem Feuer, die Liebe ihres Lebens kennengelernt! Wie romantisch, dachte Josephine! Wie schön müsste es sein, einen Mann zu finden, der einen so sehr anhimmelte wie Samuel seine Frau! Die verliebten Blicke, die er ihr verstohlen zuwarf, die aber doch jeder bemerkte, sprachen für sich! Nach solch einer tiefen Zuneigung sehnte sie sich auch, dachte Josephine seufzend. Mittlerweile war Barbara schon seit anderthalb Jahren verheiratet und Klein Peter sieben Monate alt!

Wie sah ihr eigenes Liebesleben denn aus, fragte sich Josephine. Da gab es Gretes große Brüder, Hubert und Kurt. Diese warfen einem, wenn man ihnen über den Weg lief, immer interessierte Blicke zu. Aber das war auch schon alles. Und dann war da natürlich ihre Schwärmerei für ihren Brieffreund in Trier, den hübschen Pfarrer Viktor Wildermuth. Doch seine Briefe klangen nur immer gleichbleibend freundlich. Von kokettem Getändel war man weit entfernt. Dennoch schlichen sich, wenn Josephine über ihr späteres Leben nachsann, zuerst Viktors kurze blonde Locken in ihre Gedanken.

Wie würde es mit ihr, Josephine, nach dem Schulabschluss nun weitergehen? Die Mutter hatte vorgeschlagen, im Sommer wieder nach Karlsbad zu reisen, obwohl Großtante Annegrete zu Beginn des Jahres verstorben war. Aber da hatte Josephine vehement protestiert. Ohne die Schwestern, ohne die Großtante erschien ihr Karlsbad nur langweilig und leer. Stattdessen hatte sie der Mutter ans Herz gelegt, einen Sommeraufenthalt im Seebad Norderney zu planen. Die Kur im Seehospiz sei ihrer Gesundheit damals sehr zuträglich gewesen. Nach dem Winter 1902/03, der für die Eltern Walther und ihre Jüngste allerlei Erkältungskrankheiten mit sich gebracht hatte, sei Norderney sicherlich die richtige Wahl.

Josephines Eltern waren einverstanden und reservierten für den Monat August Fremdenzimmer in der Pension Warnkes in der Marienstraße, nicht nur für sich, sondern auch für Helene, was mit Tante und Onkel abgesprochen war, und für Barbara und Samuel, deren Sohn samt Kindermädchen. Auf der ostfriesischen Insel wolle man dieses Jahr im Sommer ein familiäres Wiedersehen feiern. Mit dem Raddampfer war Norderney von London aus in einigen Etappen durchaus komfortabel zu erreichen. Selbst Ludwig Walther, der seine Arbeit als Leiter des Tübinger Gymnasiums zunehmend als Belastung empfand, wollte sich auf Norderney eine Auszeit vom fordernden Schulalltag nehmen und Frau und Tochter an die Nordsee begleiten. Auf die Pension Warnkes war Ludwig Walther durch einen Artikel in seiner Lieblingslektüre, der „Gartenlaube", aufmerksam geworden. In der Marienstraße hatte sich der kürzlich verstorbene Schriftsteller Theodor Fontane, dessen Romane die Walther-Damen sehr schätzten, zwei Sommer lang auf Norderney einquartiert und an seinen „Wanderungen durch die Mark Brandenburg" gearbeitet. Seiner Frau Paula bereitete Ludwig damit eine große Freude, sie wusste es sehr zu schätzen, dass er Fremdenzimmer im Norderneyer Fontane-Haus Warnkes für sie gefunden hatte.

Josephines Vorfreude auf das anberaumte Zusammentreffen mit den beiden Schwestern wurde größer und größer, und als endlich die Prüfungsergebnisse bekannt gegeben und die Abschlusszeugnisse verliehen wurden, stand dem Packen für den sommerlichen Kuraufenthalt am Meer nichts mehr im Wege.

Endlich würde sie Helene, die elegante Lehrerin, wiedersehen! Und nicht zuletzt würde sie den kleinen Peter im Arm halten! Was hatte Barbara nicht alles über ihn geschrieben! Josephine meinte, über jede Regung ihres Neffen Bescheid zu wissen. Auf das Wiedersehen mit der ältesten Schwester und dem englischen Schwager freute sie sich ebenfalls. Und dass das Zusammentreffen auf ihrer Lieblingsinsel Norderney stattfinden sollte, wäre das Sahnehäubchen auf der Torte!

Ludwig Walther wusste, mit welchen Schwierigkeiten seine Jüngste während ihrer Schulzeit zu kämpfen gehabt hatte. Er blickte auf Josephines Abschlusszeugnis, das zuoberst auf seinem Schreibtisch lag. Ihre Noten waren am Ende doch ganz passabel ausgefallen. Er atmete tief durch, als ihm bewusst wurde, dass nun auch das Nesthäkchen die Schulzeit beendet hatte und unbemerkt zu einer hübschen jungen Dame herangereift war.

Lange hatte Josephine gegrübelt, wie sie es anstellen sollte, ihren alten Brieffreund, den Aushilfspfarrer Viktor Wildermuth, in der Rheinprovinz Trier zu besuchen, ohne dass ihre Eltern Verdacht schöpften. Josephine musste ihn einfach sehen, um sich darüber klar zu werden, ob ihre schwärmerischen Gefühle für diesen blondgelockten jungen Mann eine Zukunft haben würden oder nicht.

Nachts hatte Josephine in ihrem zartgelben Mädchenzimmer oft wach gelegen, sich unter ihrer Spitzenbettdecke hin und her gewälzt und darüber nachgesonnen, welcher Vorwand sie in Richtung Trier bringen würde. Vom Vater hatte sie sich den dicken Atlas geliehen, um zu sehen, wie weit es vom Königreich Württemberg bis an den Nebenarm des Rheins wäre, denn diese preußische Rheinprovinz wurde von der Mosel durchlaufen. Als Josephines Zeigefinger auf der Europakarte von Trier weiter nach Westen bis an den Ärmelkanal fuhr, kam dem Mädchen blitzartig eine Eingebung! Es würde die Eltern bitten, nach Brüssel reisen zu dürfen, um dort den weit herumgekommenen Onkel Louis besuchen zu dürfen! Barbara war nach London geschickt worden, Helene nach Zürich aufgebrochen – und nun würde Josephine Kurs auf Brüssel nehmen!

Wie könnte man die Eltern nur überzeugen? Sollte man die Vorzüge einer Bildungsreise ins Ausland in den Vordergrund stellen? Wäre ein Verwandtenbesuch ein ausreichender Grund für diese lange Fahrt? Nein, das alles genügte noch nicht. Josephine zerbrach sich den Kopf, Tag für Tag, Nacht für Nacht, bis sie schließlich den rettenden Einfall hatte! Sie würde Biografin werden! Und die erste Biografie, die sie zu verfassen gedachte, wäre die von Onkel Louis. Er hatte wahrlich genug über seine Belgica-Expedition zu berichten. Wäre seine Nichte erst einmal in Brüssel, würde sie den Eismeerexperten für ihre Idee erwärmen, da war sie sich sicher. Josephine plante, sich in Brüssel genügend Notizen zu Onkel Louis' Antarktis-Reise zu machen, so dass sie danach auf Norderney in einer stillen Stunde damit beginnen könnte, alles niederzuschreiben.

Juli 1903

Nachdem Josephine ihre Schulfreundin Grete davon überzeugt hatte, dass man einmal im Leben Brüssel gesehen haben sollte, und nachdem Grete ihren älteren Bruder Kurt dafür begeistern konnte, in der belgischen Hauptstadt einem Mitglied der Belgica-Expedition, das Cook und Amundsen persönlich kannte, gegenüberzutreten, war der Entschluss schnell gefasst.

Der gewitzte Kurt, der in seiner Heimatstadt Tübingen Regiminalwissenschaften studierte und gegen eine Bildungsreise in seinen Sommersemesterferien nichts einzuwenden hatte, würde seine Schwester und ihre hübsche Freundin, mit einem Zwischenstopp in Trier, in die Hauptstadt des belgischen Königreiches begleiten. Von den beiden imposanten Brüsseler Kirchen St. Gudule und Notre-Dame du Sablon kannte er nur Zeichnungen, gewiss wäre es beeindruckend, sie wahrhaftig vor sich zu sehen.

Wissbegierig verfolgte Kurt, der ein reges Interesse an europäischer Politik hatte, die Untersuchungen um die afrikanischen Kongogräuel, die man dem belgischen König Leopold II. zur Last legte. Im Namen des Königs, auf den man im Vorjahr sogar versucht hatte, ein Attentat zu verüben, würden Einheimische in der belgischen Kolonie Kongo gequält und misshandelt. Eine Kommission untersuchte nun vor Ort diese Vorwürfe und würde bald Auskunft darüber erteilen können. Kurt war sich sicher, in Brüssel mehr Informationen über die belgische Politik zu erhalten als im württembergischen Tübingen.

Für die beiden Schulabsolventinnen, die immer etwas zu tuscheln und zu lachen hatten, schien das ferne Afrika unglaublich weit weg. Wenn Kurt ihnen die politischen Zusammenhänge im Kongo zu erläutern versuchte, hörten sie nur mit halbem Ohr zu. Sie beschäftigten sich vielmehr damit, welche der Trierer Sehenswürdigkeiten man an einem Tage besichtigen könnte, bevor man in die Eisenbahn nach Brüssel steigen würde. Grete favorisierte die Porta Nigra, wohingegen Josephine unbedingt einen Blick auf die Kaiserthermen zu erhaschen gedachte.

Überwältigt waren dann alle drei Reisenden von der Vielzahl an historischen Gemäuern, welche die Stadt an der Mosel zu bieten hatte. Natürlich schritt man durch die beiden römischen Torbogen der Porta Nigra, die, so wurde angenommen, im zweiten Jahrhundert nach Christus von den Römern in Augusta Treverorum, wie Trier damals hieß, erbaut wurde. Dieses „Schwarze Tor" enthielt eingemeißelte Zeichen, hinter denen die beiden Mädchen geheimnisvolle Hinweise auf einen Schatz vermuteten, worüber Kurt nur lachend den Kopf schüttelte. Man wollte außerdem die Barbarathermen und das Amphitheater nicht missen und konnte kaum fassen, wie fortschrittlich die Römer damals schon gewesen waren. Der tiefblaue Sommerhimmel spannte sich über dem antiken Gemäuer, Bienen summten friedlich zwischen den bemoosten römischen Steinbrocken und man kam bei den Besichtigungen mächtig ins Schwitzen.

Als Kurt und Grete nach einem längeren Gang durch die Stadt mit lauter herrschaftlichen Häusern zur Rechten und zur Linken eine Pause in der Gaststube des Roten Hauses an der Steipe einlegten, entwischte ihnen Josephine unter dem Vorwand eines Toilettengangs für einen Moment. Sie wollte sich um die Ecke in der Jakobstraße umsehen, wohin sie all ihre Briefe an Viktor Wildermuth gesendet hatte.

Erstaunt sah sie sich eben dem Blondschopf jenes Theologen gegenüber, der sich gerade anschickte, eine bis obenhin bepackte Kutsche zu besteigen. Für Josephine sah es verdächtig nach einem Umzug aus. Winkend machte sie sich bemerkbar, bevor ihr die überladene Droschke vor der Nase davonfahren konnte. Große hellblaue Augen blickten sie verdutzt an, es dauerte einen Augenblick, bis ein Wiedererkennen sein Gesicht überflog, dann stieß er ungläubig hervor: „Josephine?"

Sie nickte nur und überlegte fieberhaft, was hier vor sich gehen mochte. Viktor Wildermuth, der bereits einen Fuß auf die erste Stufe des Kutschentreppchens gestellt hatte, trat wieder hinunter auf den Gehsteig. Sorgfältig gescheitelt wie früher, verbeugte er sich artig vor dem Mädchen, deutete einen Handkuss an und begrüßte Josephine formvollendet. Er entschuldigte sich, dass er ihr in den letzten Wochen nicht geschrieben habe. Sein überstürzter Aufbruch sei seiner neuen Stelle geschuldet, die er in wenigen Tagen antreten werde. Spitzbübisch blickte er Josephine an. Ob sie raten wolle, wo sein erstes echtes Pastorat liege?

Doch Josephine war nicht nach Raten zu Mute, im Gegenteil. Über ihr brach eine Welt zusammen. Sie hatte sich so bemüht, Viktor in Trier über den Weg zu laufen, sich ausgemalt, wie sie gemeinsam die Kaiserthermen besichtigen und dabei ins Reden kommen würden. Und nun fuhr er einfach davon! Das war das Ende ihrer Träume! Josephine sah aus, als wolle sie in Tränen ausbrechen. Wie konnte ihr das nur passieren! Viktor hatte ja keine Ahnung, welche Hebel sie in Bewegung gesetzt hatte, um ihn hier in Trier zu treffen! Und nun das!

„Na, na", beschwichtigte Viktor sie, indem er prüfend in ihre schimmernden Nixenaugen blickte. Das überraschende Wiedersehen mit ihr habe ihm den Tag vergoldet, ließ er sie wissen, aber leider sei er in Eile. Josephine schluckte. Vergoldet, hatte er gesagt. Sie begann wieder Hoffnung zu schöpfen.

In Windeseile erklärte sie ihm, dass sie mit einer Freundin und deren Bruder auf dem Weg nach Brüssel sei und dass sie den ganzen Monat August mit ihrer Familie auf der Nordseeinsel Norderney verbringen werde. Dies brachte Viktors Gesicht zum Leuchten, seine sonst so ernsten Lippen, seine blauen Augensterne, der ganze Mensch begann zu strahlen.

„Ich trete am kommenden Sonntag meine neue Stelle auf Norderney an", freute er sich. Verblüfft blickte Josephine ihn an. Hatte sie sich eben verhört? War Pastor Niehus bereits im Ruhestand? Was war geschehen? Stand hier sein Nachfolger vor ihr?

Da drückte Viktor ihr gefühlvoll die Hand, hauchte einen weiteren Kuss darüber hin und rief ihr vom Trittbrett der Kutsche, die sich ganz langsam in Bewegung setzte, zu: „Bis bald auf Norderney!"

KAPITEL 12

August 1903

In der Pension Warnkes lag Helene ausgestreckt auf ihrem Norderneyer Gästezimmerbett unter dem weißen Fensterkreuz, das auf die sonnendurchflutete Marienstraße hinausging, und blickte sich um. Vom Gästehaus auf der anderen Straßenseite erspähte sie einen Teil einer fröhlichen roten Klinkerfassade, an der herrliche orangegelbe Rosen emporkletterten. Ihren Schlafplatz am Fenster zierte eine bunte Fransendecke, ebenso wie Josephines Bett an der gegenüberliegenden Wand.

Am Holztischchen neben der weißverschnörkelten Zimmertür flog Josephines Bleistift munter über die leeren Seiten ihrer grauen Wachstuchkladde. Ihr dicker dunkelblonder Zopf fiel über die Schulter ihrer weißen Bluse, selbstvergessen rieb sie sich die Nasenspitze. Ihr Geist war voll von abenteuerlichen Erzählungen über Onkel Louis' Eismeerexpedition, die sie von ihrer wunderbaren Fahrt nach Brüssel mitgebracht hatte. Diese purzelten nur so aus ihr heraus und wollten auf Papier gebannt werden.

Helene lächelte über so viel Eifer, dann blickte sie von ihrer Schwester auf die Briefbogen, die sie in der Hand hielt. Sie war gerührt, als sie die Zeilen ihrer ehemaligen Ellwanger Schüler las, die man ihr an die Nordsee nachgesandt hatte. Jedes von den sechs Kindern hatte geschrieben, Adolphine zwar nur ein paar wenige Zeilen mit etlichen Fehlern, Luise dagegen fast fehlerfrei. Die Größeren hatten viel zu erzählen: Sie waren wieder zum Schloss ob Ellwangen spaziert, allerdings diesmal ohne Unfälle, merkte Karl an. Erika und Martha schwärmten von neuen Kleidern, Fritz berichtete von einer Zugfahrt von Ellwangen nach Crailsheim, die er zusammen mit seinem Vater unternommen hatte.

Froh legte Helene die beschriebenen Bogen auf ihren zierlichen Nachttisch und erinnerte sich an viele schöne Momente mit ihren Ellwanger Zöglingen. Sie hoffte und wünschte, dass der ältliche Privatlehrer, den Martin Hirzel für das neue Schuljahr engagiert hatte, die lebhafte Kinderschar ebenso schätzte, wie sie es getan hatte! Helene schloss die Augen und entsann sich des Moments, der ihr wie ein Wink des Schicksals erschienen war, da er sie nach Stuttgart versetzt hatte.

März 1903

Als Onkel Franz und Onkel Martin zu Ostern beschlossen hatten, dass ihre Söhne im Schulzimmer doch eine männliche Hand brauchten, kam die Einladung von Mutters ältester Schwester, Tante Maria Auerbach aus Stuttgart, gerade recht. Tante Marias Enkelin, die siebenjährige Hulda, war im vergangenen Sommer an Kinderlähmung erkrankt und nun von der Hüfte abwärts teilweise gelähmt. Sie saß im Rollstuhl und man benötigte eine Privatlehrerin für das schüchterne Kind.

Hedwig Hornung, Huldas Mutter, war mit den kleineren Brüdern der Kranken mehr als ausgelastet. Huldas Vater, Hugo Hornung, ein stattlicher württembergischer Offizier, war kaum einmal zu Hause. Nur zu seltenen Gelegenheiten bekamen die vier Hornung-Kinder ihren Vater, stets in Uniform, zu Gesicht, ansonsten tat er seinen Dienst auswärts und überließ das Alltagsgeschehen seiner früh gealterten Frau, die sich von der Situation völlig überfordert fühlte. Daher hatte Tante Maria sich bereit erklärt, Hulda bei sich im großelterlichen Haus in der Hegelstraße unterzubringen und eine Lehrerin für sie einzustellen.

Als Tante Maria von ihrer jüngeren Schwester Paula in einem lieben Brief erfahren hatte, dass Helene nach ihrer Anstellung als Hauslehrerin in Ellwangen nun doch nach Tübingen zurückkehren würde, war in ihr der Plan gereift, die Nichte nach Stuttgart einzuladen.

Man würde sehen, ob Hulda und Helene miteinander zurechtkämen. Falls ja, könnte Helene in Stuttgart bleiben, um dem kleinen Mädchen das Lesen, Schreiben und Rechnen beizubringen.

Ihre Ellwanger Zöglinge waren Helene mittlerweile ans Herz gewachsen und es kostete sie Überwindung, sie in die Obhut eines anderen, älteren Hauslehrers zu entlassen, den sie nicht einmal persönlich kannte. Es traf sie hart, dass Onkel Franz und Onkel Martin ihr einen männlichen Kollegen vorzogen. Doch um der Kinder willen mochte sie beim Abschied von dem kleinen, liebgewonnenen Ellwanger Städtchen, über dem das kantige Schloss und, etwas weiter entfernt, die barocke Schönenbergkirche wachten, keine Missstimmung aufkommen lassen.

Von Ellwangen war Helene mit der Eisenbahn direkt nach Stuttgart gereist und wurde dort von Onkel Carl-Georg, im hellen Sommeranzug, persönlich am Hauptbahnhof nahe des Schlossplatzes abgeholt. Mit seinem eleganten Einspänner verfrachtete er sie in die Hegelstraße. Carl-Georg war von hünenhafter Statur und konnte richtig zupacken. Das musste er auch manchmal, wenn er bei der aufstrebenden Firma Bosch seinen verschiedenartigen elektrotechnischen Aufgabenbereichen nachging. Herzlich begrüßte er die Nichte, die er nur als Kind einmal gesehen und die sich zu einer adretten jungen Dame gemausert hatte.

Im Gegensatz zu dem verschlafenen Ellwangen kam Helene Stuttgart sehr städtisch vor. Von der Bahn aus hatte sie gesehen, wie sich die ausgedehnte Siedlung in ihren Talkessel schmiegte und vom breiten Flussband des Neckars durchzogen wurde.

Vorbei am Ehrenhof des Neuen Schlosses mit seinen bestaunenswerten Standbildern und an der hoch aufragenden Jubiläumssäule ging es durch den lauen Frühlingswind bis zum Hoppenlau-Kirchhof und um die Ecke in die Hegelstraße. Die Auerbachs bewohnten ein hohes, aber nicht sehr geräumiges Stadthaus, dessen weiße Fassade zur Hälfte von leuchtend grünem Efeu überrankt war. Helene betätigte den Türklopfer und trat einen Schritt zurück.

Tante Maria in einem gepunkteten hellen Kleid öffnete ihrem Mann und ihrer Nichte lächelnd die Tür und schob sogleich einen kleinen Rollstuhl ins Blickfeld. Darin saß ein blondgelocktes Mädchen mit dicken Zöpfen und großen grauen Augen, die Helene anstarrten. Die Ankommende umarmte zunächst ihre Tante und schüttelte dann dem Kind die Hand, wobei sie eine Bemerkung über das engelsgleiche Haar fallen ließ. Damit hatte sie ins Schwarze getroffen! Hulda begrüßte ihre neue Lehrerin und begann sich mit ihr über verschiedene Frisuren zu unterhalten, die ihr wohl auch gut zu Gesichte stehen würden.

Zufrieden drückte Helene der freudig überraschten Tante Maria ihre Tasche in die Hand und schob Huldas

Rollstuhl in die Stube, deren Tür bereits offenstand. Nachdem das Dienstmädchen Edda dem Gast aus Ellwangen gezeigt hatte, wo man sich frisch machen konnte, entledigte sich Helene rasch ihres staubigen Reisemantels und des runden Hütchens. Ein paar Spritzer Wasser ins müde Gesicht, schon war sie fertig!

Als Helene kurz darauf die gute Stube betrat, stellte Edda gerade einen duftenden runden Gugelhupf, der mit Puderzucker fein bestäubt war, auf den Tisch und begann dann, den Erwachsenen Kaffee einzuschenken. Die Unterhaltung mit Tante Maria und Onkel Carl-Georg floss munter dahin, die kleine Hulda war bezaubernd und kein bisschen schüchtern. Helene lehnte sich zufrieden auf ihrem Stuhl zurück und glaubte, es in Stuttgart sehr gut angetroffen zu haben.

Von ihrem Dachfensterchen aus blickte Helene über das friedliche Grün des Hoppenlau-Friedhofs. Unter dem Blätterdach waren uralte Grabsteine auszumachen, die sie sich gerne einmal näher ansehen wollte. Die junge Lehrerin freute sich über diese pflanzenreiche Oase inmitten der Häusermassen und auf die Stunden mit ihrer neuen Schülerin, die schon von ihr eingenommen war. Tante Maria und Onkel Carl-Georg waren herzensgute Menschen, unter deren Dach Helene gerne wohnen wollte.

In Edda hatten die Auerbachs eine tüchtige Küchenperle gefunden, die es verstand, auserlesene Köstlichkeiten auf den Tisch zu bringen, das war der neuen

Mitbewohnerin schon nach wenigen Tagen klar. Und hier musste Helene nicht befürchten, dass man Hulda lieber von einem Mann unterrichten lassen wollte! Kopfschüttelnd dachte sie wieder an die Entscheidung der beiden Ellwanger Onkel, die sie nur mit Mühe akzeptieren konnte.

Von besonderem Interesse war Stuttgart, das gestand Helene sich unumwunden ein, da hier die Rillings beheimatet waren. Oskar wusste aus ihrem letzten Brief, dass sie nun in der Hegelstraße wohnte und arbeitete. Würde er versuchen, Kontakt mit ihr aufzunehmen? Oder war die Erinnerung an Julius noch zu frisch? Der Wanderunfall hatte sich vor einem Jahr ereignet. Zwölf Monate waren seitdem verflossen, eine angemessene Zeit, um zu trauern, mutmaßte sie.

Oskar würde bestimmt von sich hören lassen! Eine angenehme Spannung erfüllte das Mädchen. Helenes Gedanken reckten und streckten sich in Richtung des attraktiven schmalen Gesichts, malten sich die schwarzen Haare aus, unter denen sie ein seegrüner Blick gefangen hielt. Gegen diese Anziehungskraft war sie machtlos!

Sie sollte Recht behalten. Eine Woche, nachdem Helene ihr behagliches Dachstüblein bei den Auerbachs bezogen hatte, stand am Sonnabend ein nervöser junger Mann mit einem Strauß Osterglocken vor der Tür. Unruhig trat er von einem Fuß auf den anderen, strich sich seine kurzen dunklen Strähnen aus der Stirn und wartete gespannt darauf, dass man ihm öffnete. Edda ließ ihn ein und brachte ihn in die gute Stube, wo Onkel Carl-Georg ihm aus dem altgedienten Lehnstuhl entgegensah. Was die beiden Männer miteinander zu murmeln hatten, wusste Helene nicht, die in dem Moment in ihrem cremefarbenen Kleid und der braunen Strickjacke ganz undamenhaft die Treppe herunterhüpfte. Oskar überreichte ihr die sonnengelben Blumen und schüttelte ihr etwas unbeholfen die Hand. Über Helenes Gesicht lag ein Strahlen, das den ganzen Raum erhellte. Sie reichte den Strauß an Edda weiter, die ihn in eine geeignete Vase stellen sollte, und machte sich dann an Oskars Arm auf den Weg, Stuttgart zu erkunden. Oskar musste dem Onkel versprechen, das Mädchen nicht zu spät nach Hause zu bringen.

Die beiden dunklen Köpfe neigten sich beim Gehen zueinander, denn sie hatten sich einiges zu erzählen. Sie ließen den Hoppenlau-Kirchhof hinter sich, durchquerten ins Gespräch vertieft den Stadtpark, ohne auf die frühlingshafte Natur zu achten, und fanden sich schließlich am Schlossplatz wieder. Zur Rechten erhob sich, hinter den imposanten Hirsch- und Löwenstatuen, der Prachtbau des Neuen Schlosses. Zur Linken ragte das helle Kirchengebäude St. Eberhard empor, auf dessen hohem Turm ein rotes Dach wie ein umgedrehter Korb saß. Oskar wandte seine Schritte zaghaft nach links, druckste etwas herum und schlug endlich vor, in der katholischen Kirche gemeinsam eine Kerze für Julius zu entzünden. Ob Helene das albern fände? Das Mädchen war überrascht und angetan von dieser Idee. Es war, als würden Oskar und sie sich zusammen von Julius verabschieden und ihn gewissermaßen um seinen Segen bitten. Mit feierlicher Miene durchschritten die zwei Gestalten den säulenartigen Kirchenvorbau und betraten ernst das Gotteshaus. In einer Nische konnte man für fünf Pfennige eine Kerze erwerben, an den bereits brennenden Flammen entzünden und auf ein Metallgitter stecken. Andächtig senkten sich die zwei Häupter vor dem Lichtermeer und Oskar sprach würdevoll einen Prediger-Bibelvers:

„Ein jegliches hat seine Zeit, und alles Vorhaben unter dem Himmel hat seine Stunde: Geboren werden hat seine Zeit, sterben hat seine Zeit."

Helene erschauerte und drängte sich unwillkürlich näher an Oskar, dessen tröstliche Wärme sie in der Kühle des Kirchenschiffes durch seinen Ärmel hindurch spüren konnte.

Auf diesen ersten Ausflug innerhalb der Mauern Stuttgarts folgten in diesem Frühjahr viele weitere. Oskar lud Helene ins Friedrichsbautheater ein, wo sie sich den zwölfminütigen französischen Stummfilm „Die Reise zum Mond" ansahen und über die drolligen Figuren der Mondreisenden und der lebendig gewordenen Sterne sehr schmunzelten.

Gemeinsam machten sie eine Radpartie ins aufblühende Feuerbacher Tal, um einem verschlungenen Weg links des Talwaldbaches zu folgen und abseits der hohen Stuttgarter Häuserfronten tief durchzuatmen. An einem lauschigen Fleckchen, umgeben von dunklen, hohen Tannenwipfeln, legten sie eine Rast ein, verzehrten die mitgebrachten Butterbrote und fühlten sich inmitten des Moosposters und des nicht enden wollenden Vogelkonzerts so richtig wohl. Dass sie mit Oskar nicht nur reden, sondern auch schweigen konnte, erfüllte Helene mit großer Zufriedenheit.

Im Apollotheater unweit des Marienplatzes sah man sich an einem der kommenden Wochenenden Hugo von Hoffmannsthals „Das kleine Welttheater" an und kam überein, dass das Wirkliche tatsächlich nie ganz fassbar sei.

Einmal ging es gar ins Wilhelma-Theater, um die tongewaltige Oper „La Bohème" von Puccini zu genießen, und die zwei jungen Menschen waren begeistert von Rodolfos Arien und seinen beschwingten Duetten mit seiner Mimi. Helene genoss es, in ihrem knisternden hellgrünen Ballkleid, passend zur Farbe der Theaterinneneinrichtung, auf ihrem roten Samtstuhl zu sitzen und sich die frechen Strähnen hinters Ohr zu stecken, die sich aus ihrer Hocksteckfrisur mit Blumenranken gelöst hatten. Sie betrachtete verträumt die rotgoldenen Vorhänge im sie umgebenden Halbrund, das von eleganten Leuchtern matt erhellt wurde, und sog die vortreffliche Opernatmosphäre in sich auf. Es roch nach Parfum und Programmheften, nach Flirt und Musik!

An einem herrlichen Sonnentag bereitete Helene mit Eddas Hilfe ein Picknick für den Oberen Schlosspark vor, mit dem sie Oskar eine geglückte Überraschung bereitete. Im Anschluss daran nahm er sie mit in die Stiftskirche am Schillerplatz, deren ungleiche Türme alle umliegenden Gebäude überragten. Dort kam Helene in den Genuss eines privaten Orgelkonzertes. Von Oskar erfuhr das Mädchen, das gebannt den mächtigen Klängen lauschte, dass die Orgel zunächst in der Klosterkirche Zwiefalten gestanden hatte und nun auf achtzig Register, die Oskar ihr gerne vorführte, erweitert worden war. Helene bewunderte den neugotischen Prospekt, die Vielzahl an kleinen und großen Pfeifen unter dem gewölbten weißen Kirchendach mit seinen hölzernen Verzierungen.

Auf der Orgelbank war der junge Mann mit dem schwarzen Haar, das beim Spielen mitwippte, ganz in seinem Element. Helene blickte auf seine Finger, die über den Tasten und Manualen zu tanzen schienen, auf den ganzen Körper in Bewegung und fühlte sich ihm plötzlich innig verbunden.

Es war, als habe Oskar mit dem Teilen dieses harmonischen musikalischen Moments eine Bindung zwischen ihnen geschaffen. Ob aus dieser tiefen freundschaftlichen Zuneigung einmal Liebe werden würde? In der Tiefe ihrer Seele hoffte und wünschte Helene sich das.

August 1903

Unter den Zeilen ihrer Ellwanger Schüler verbarg sich auch ein edler weißer Umschlag, den Oskar Helene bei ihrer Abreise an die Nordsee in die Hand gedrückt hatte. Er hatte sie zaghaft darum gebeten, seine Zeilen erst einen Tag vor ihrer Rückreise nach Stuttgart zu lesen. Aber die Qual, dieses weiße Rechteck verschlossen zu lassen, sich vorzustellen, was es enthalten könnte, diese Qual war zu groß für Helene. Sie steckte das Kuvert in ihr Täschchen, rief der beflissenen Josephine, die in Gedanken in der Antarktis weilte, einen kurzen Gruß zu und machte sich dann auf zu einem Spaziergang an den Deich. Der warme Inselsommerwind hieß sie willkommen.

Nach wenigen Minuten lag vor ihr, mit goldenen Lichtpunkten übersät, das weite Meer. Auf einer hölzernen Bank, die vorbeikommende Spaziergänger einlud, sich darauf niederzulassen, nahm das Mädchen Platz. Was würde in Oskars Brief stehen? Helene stellte sich vor, wie der schwarze Schopf sich über die Zeilen gebeugt, sie für gut befunden und im Umschlag verstaut hatte. Was musste er ihr schriftlich mitteilen, anstatt es mit ihr zu bereden? Helenes Pein war so brennend, dass sie den Brief mit zitternden Fingern erbrach.

Oskar schrieb mit steiler schwarzer Tinte auf teurem weißem Papier:

Verehrtes Fräulein Helene!

Hinter meinem Wall freundschaftlicher Bescheidenheit, die mir meine Ehrenhaftigkeit gebietet, verbergen sich tiefere Sentiments, Gefühle der Liebe, die ich Ihnen schon seit Längerem entgegenbringe. Mein Wille ist es, aus unserer inneren Verbundenheit auch ein äußeres Band zu knüpfen. Aus Ihren Worten und Taten lese ich voller Hoffnung heraus, dass Sie möglicherweise einen ähnlich gearteten Wunsch hegen. Falls Sie meine Liebe erwidern, lassen Sie es mich bei Ihrer Rückkunft nach Stuttgart wissen.

In glücklicher Erwartung
Ihr ergebener Oskar Rilling

Helene fuhr die Seligkeit in die Glieder wie ein Windstoß. Konnte sie das begreifen? Oskar liebte sie. Das klang süß und zugleich beängstigend. Die vergangenen Monate waren nicht nur von reiner Freundschaft geprägt gewesen, sondern Vorboten eines tieferen Bündnisses, das sie nun eingehen wollten. Helenes Brust hob und senkte sich wie die Meereswellen, die unaufhaltsam an den flachen Sandstrand rollten. Und so rollte das Glück ihr unaufhaltsam entgegen!

KAPITEL 13

August 1903

Mit vielerlei Eindrücken und atemberaubenden Antarktis-Geschichten im Gepäck war Josephine zum ersten
Mal allein mit der Eisenbahn von Brüssel nach Ostende
gereist. Dort traf sie an Bord des Raddampfers „Telegraph" ihre älteste Schwester und fiel ihr, während sie
sich die Tränen verkniff, fest um den Hals. Wie lange
hatten sie sich nicht zu Gesicht bekommen! Josephines
Herz pochte laut vor Freude über das Wiedersehen!

„Schick", kommentierte sie Barbaras elegante Erscheinung. Das Muttersein bekam der Schwester vorzüglich, dachte Josephine bei sich. Nun reichte Samuel
seiner Schwägerin freundlich die Hand.

Den kleinen Peter nahm Josephine von Nelly, dem
englischen Kindermädchen, verzückt entgegen und trug
ihn herum, als wolle sie ihn nie wieder hergeben. Peter
griff brabbelnd nach ihren dunkelblonden Strähnen, die
sich im Seewind aus dem Zopf gelöst hatten, und
gluckste allerliebst. Nun verstand Josephine ihre
Schwester, deren Briefe lange, hingerissene Ergüsse
über Peters Entwicklung waren. Sie war auf den ersten
Blick vernarrt in ihren hellblonden Neffen, der das kecke
Näschen seiner Mutter geerbt hatte.

Der Dampfer „Telegraph" war beliebt bei Jung und Alt, und so lernte Josephine beim ersten Abendessen im weitläufigen, holzvertäfelten Speisesaal weitere Mitreisende kennen, die ebenfalls in Ostende an Bord gegangen waren und alle hervorragend Deutsch beherrschten.

Neben Barbara saßen zwei sympathisch wirkende Niederländer, Pieter Zeeman, ein weißblonder Wissenschaftler mit Brille und Schnauzer, sowie seine entzückende rothaarige Gattin Mathilde. Das Paar gedachte einige erholsame Tage an der Nordsee zu verbringen.

„Mein Mann hat sich diese Auszeit wahrlich verdient", erklärte Mathilde Zeeman mit ihrer sanften Stimme, während sie ihrem Mann den Arm tätschelte. „Schließlich hat man ihm letztes Jahr den Nobelpreis für Physik verliehen. Nach dem ganzen Rummel wurde er zu Beginn des Jahres krank. Etwas Inselluft wird ihm guttun."

Erstaunt blickte man Herrn Zeeman an, dessen kluge Augen hinter den runden Brillengläsern zu lächeln begannen. Hier saß ein Nobelpreisträger mit am Tisch? Nun sprachen alle wild durcheinander und wollten wissen, wofür er diese höchste schwedische Auszeichnung erhalten habe und woran er im Moment forsche. Gutmütig beantwortete der Atomphysikprofessor aus Amsterdam alle Fragen nach dem Einfluss des Magnetismus auf die Strahlungsphänomene und erläuterte die durch ein äußeres Magnetfeld ausgelöste Aufspaltung von Spektrallinien. Josephine schwirrte der Kopf, hatte sie

doch in der Realschule noch nie etwas von Strahlungs-
phänomenen oder Spektrallinien gehört. Was ein Mag-
net war, wusste sie durchaus. Wie die anderen war sie
schwer beeindruckt von Professor Zeemans Forschungen.

Eine Familienfreundin der Zeemans in einem auffal-
lend geschmackvoll geschnittenen schwarz-weißen
Kleid war zusammen mit ihnen unterwegs in den Norden. Sie stellte sich als Maja Einstein vor, Schwester eines Physikers namens Albert, der gerade eine Stelle im
Berner Patentamt angetreten hatte. Maja selbst, eine
dunkelhaarige junge Dame in Barbaras Alter, deren
schwarze Augen wach umherblickten, hatte soeben ihre
Ausbildung am Lehrerinnenseminar in Aargau beendet
und suchte nun, nach dem Tod ihres Vaters, Ruhe und
Entspannung an der Nordsee. Die Einladung ihrer
Freunde, der Zeemans, nach Norderney mitzufahren,
kam da gerade recht. Josephine bedauerte, dass Helene
nicht mit am Tisch saß. Stattdessen berichtete sie an
Helenes statt von deren Jahr am Lehrerinnenseminar
Zürich und war bald ins Gespräch mit dem reizenden
Fräulein Einstein vertieft.

Auf Josephines rechter Seite saß ein junger weißblonder Mann mit dunkler Jacke und gestreiften Hosen. Es
handelte sich um Pieter Zeemans Bruder Henk, äußerlich eine jüngere Ausgabe des Professors, allerdings kein
Naturwissenschaftler, sondern ein Architekt. Bei Salade
Liégoise und Waterzooi, einem flämischen National-

gericht, das herrlich nach Fisch-Eintopf schmeckte, erfuhr Josephine, dass Henk Zeeman zusammen mit seinem Lehrer Victor Horta das berühmte Brüsseler Kaufhaus À l'innovation erbaut hatte. Sie sah ihren Tischnachbarn bewundernd an und gab zu, dass sie eben aus Brüssel komme und dort in der Rue Neuve dieses verspielte Jugendstil-Gebäude bestaunt habe. Henk, der mit Mitte zwanzig bereits an einem Kunstwerk wie diesem mitgewirkt hatte, wollte nun eine freie Woche auf Norderney genießen, um danach nach Frankfurt am Main zu seiner neuen Großbaustelle weiterzureisen. Dort erwartete ihn sein Kollege Horta bereits an dem im Bau befindlichen Grand Bazar, der dieses Jahr noch fertiggestellt würde.

Die Konversation plätscherte mühelos dahin, und als man beim Dessert angelangt war und sich die Brüsseler Kirschwaffeln schmecken ließ, war Josephine bereits sehr von den Zeemans angetan.

Dass der junge Architekt ein Auge auf die dunkelblonde Tübingerin geworfen hatte, bestätigte Barbara ihrer Schwester am Abend, als sie gemeinsam Klein Peter ein Gute-Nacht-Lied vorsangen und das Abendgebet sprachen. Henk habe sie von der Seite angeschmachtet, ließ Barbara verlauten und schaute die Jüngere spitzbübisch an. „Nun sag schon, wie gefällt er dir denn, dieser junge Mann?"

„Er sieht recht gut aus. Und ein interessanter Gesprächspartner ist er auch", meinte Josephine.

Barbara schmunzelte: „Das wird auf jeden Fall eine faszinierende Schiffsreise nach Norderney!"

Die folgenden Tage über wich Henk Zeeman Josephine nicht von der Seite. Er saß neben ihr an Deck, philosophierte über das Wetter, besprach Brüsseler Sehenswürdigkeiten mit ihr, ließ sich Tübingen beschreiben und erzählte aus seinem eigenen Leben. Josephine war Henks Art nicht unangenehm, dennoch erschien er ihr beinahe zu anhänglich. Ihr stand der Sinn auch nach Gesprächen mit Barbara und Samuel, nach einem Gedankenaustausch mit Maja Einstein, die immer Hochinteressantes zu berichten wusste, und nach Momenten mit ihrem lebhaften Neffen, den sie sofort in ihr Herz geschlossen hatte.

Nach einigen Tagen auf See versuchte Josephine, den Zeemans hin und wieder zu entwischen, um sich eine Pause von Henks schmeichlerischen Komplimenten zu gönnen, die sie als erdrückend empfand. Endlich erreichte die bunt gemischte Reisegruppe die ostfriesischen Inseln. Aufgeregt spähte Josephine, windumtost auf dem Oberdeck, in die Ferne und konnte nach und nach die Umrisse der geliebten Insel in der weiten blaubraunen See ausmachen. Eine schäumende Spur zog sich hinter dem Dampfer durchs Wasser und eine Schar weißer Möwen flog in geschmeidigem Bogen weit um den dicken Schornstein, um dann in Richtung Ufer davonzugleiten. Als man schließlich angelegt hatte, sprang Josephine als Erste an Land. Mit einem Leuchten im

Gesicht hielt sie ihr Näschen in die bekannte salzige Luft, die kleine Tröpfchen enthielt. Sie war wieder auf Norderney!

Lächelnd kam Barbara ihr mit Klein Peter auf dem Arm nach, gefolgt von Samuel, der zwei Koffer trug, und Nelly, die einen mit Taschen beladenen Kinderwagen schob. Die frische Brise zerrte an Kleidern, Haaren und Hüten. Über einen sandigen Weg ging es direkt hinüber zu einem einfachen Ponywagen, der einen in die Marienstraße befördern würde.

Von den Zeemans und Fräulein Einstein verabschiedete man sich in aller Herzlichkeit. Man würde sich bei den Kurkonzerten am Marktplatz wiedersehen, die alle Tage dort stattfanden.

War das ein großes Hallo in der Pension Warnkes, neben deren Eingangstür ein Schild darauf hinwies, dass auch schon Theodor Fontane hier Quartier genommen hatte. Mutter, Vater und Helene wurden von allen umarmt und begrüßt, das Gepäck auf die einzelnen Zimmer verteilt und dann machte man sich zu Fuß auf zur Marienhöhe.

Von dort genoss man zunächst einen phänomenalen Blick über den hellen Sandstrandstreifen, in dem silberne Meerwassertümpel glitzerten. Das in verschiedenen Blau- und Grautönen schimmernde Meer erstreckte sich bis zum Horizont und verschmolz dort mit diesem. Wie kleine Schneebälle saßen ein paar aufgeplusterte Möwen an der Wasserlinie, deren weiße Wellen schäumend an den Strand rollten. Josephine wandte ihren Kopf Richtung Firmament und fühlte, wie ihr frisch und frei zu Mute wurde, als sie den dichten, schnell von dannen ziehenden weißen Wolken im Himmelsblau mit den Augen folgte.

Die Marienhöhe, benannt nach Königin Marie von Hannover, entbot den Feriengästen ihren Gruß in Form eines hölzernen Kaffeehauses in einem Halbrund. Der Pavillon mit seinen großen Aussichtsfenstern lockte die Walthers dergestalt an, dass man binnen kürzester Zeit eintrat und auf den roten Polstern Platz nahm, um sich Kaffee und Kuchen zu bestellen. Schon standen dampfende Tassen vor allen, auf den weißen, goldumrandeten Tellern lagen Träume in Obst, Schokolade und Sahne, welche die Gäste zum Schlemmen verführten.

Was gab es nicht alles zu erzählen! Die Eltern berichteten das Neueste aus Tübingen. Die Mutter beschrieb in allen Einzelheiten Susannas fröhliche Hochzeit. Barbaras beste Freundin hatte im Frühjahr einen Fabrikanten geehelicht. Tatsächlich hatte Susanna es sehr bedauert, dass Barbara nicht dabei sein konnte.

Der Vater beklagte, dass auch zwei Jahre nach dem Umzug einige Teile seines Tübinger Gymnasiums in der Uhlandstraße noch immer nicht fertiggestellt seien.

Dann waren die Engländer an der Reihe. Samuel versprach sich viel von dem Inselaufenthalt, denn er hatte vor, die Flora Norderneys nach Biotoptypen zu kartieren. Begeistert sprach er von Binsenquecken, Strandhafer und Erika. Lächelnd betrachtete Barbara ihren Gatten von der Seite und gönnte ihm seine Euphorie von ganzem Herzen. Sie selbst erzählte lebhaft von der Londoner Wohnungseinrichtung, von Peters Fortschritten beim Sprechen und von der interessanten Bekanntschaft, die man an Bord des Dampfers „Telegraph" gemacht habe. Ludwig Walther konnte es kaum fassen, dass seine Töchter in Verbindung mit den Familien des Nobelpreisträgers Pieter Zeeman und des aufsteigenden Physikgenies Albert Einstein standen. Barbara kam nicht umhin, auch den jüngeren Bruder Zeeman zu erwähnen, dessen Wertschätzung für Josephine unübersehbar war.

Nun schilderte Helene ihre ersten Monate in Stuttgart, erging sich in Lobeshymnen über Tante Maria und Onkel Carl-Georg und über die kleine Hulda, die eine rasche Auffassungsgabe hatte und ihrer Lehrerin allzeit Freude bereitete. Zwar beschrieb sie ihre berauschenden Theater- und Opernbesuche, nicht aber ihre Begleitung. Sie war selbst noch zu sehr mit den kommenden Wendungen beschäftigt, die ihr Leben am Ende dieses Sommers nehmen würde, so dass sie dafür keine Worte fand.

Schließlich sprudelten aus Josephine alle Trierer und Brüsseler Erlebnisse heraus. Onkel Louis, der sich sehr über den Besuch der Tübinger Nichte gefreut hatte, ließ die ganze Familie grüßen.

Über den ganzen verschiedenen Erzählungen genoss man den einzigartigen Rundblick über den Strand und die See und hörte von Josephine den berühmten Spruch Heinrich Heines: „Ich liebe das Meer wie meine Seele". Hier auf der Marienhöhe hatte einst auch dieser Dichter gestanden, und seiner Aussage stimmte man aus tiefstem Herzen zu.

Am nächsten Morgen verzehrte man hungrig das leckere Frühstück, das Frau Warnkes höchstpersönlich auf den Tisch gestellt hatte. Josephine hatte alle vorgewarnt, die frische Seeluft fördere den Hunger in hohem Maße. Natürlich behielt sie Recht.

Nach dem üppigen Frühstück begab man sich, in luftigen Sommerkleidern und hellen Anzügen, mit den passenden Hüten auf dem Kopf, zum Marktplatz. Dort hatte bereits das Morgenkonzert des Königlichen Kurorchesters begonnen. Der Königliche Musikdirektor Frischen fuhr mit seinem Taktstock voller Elan durch die Lüfte. Während die süddeutschen und englischen Kurgäste schon den beschwingten Klängen Johann Strauß' lauschten, nahmen sie in den hinteren Reihen Platz, um den Rest des Konzertes behaglich sitzend zu genießen. Helene ertappte sich dabei, wie ihr weißer Schuh im Takt wippte, als der Radetzky-Marsch die Morgenkonzertgäste frohgemut im Galopp in den blauen Tag entließ.

Sonnenstrahlen lachten heiter durch die weißen Wolkenfetzen, die der Wind vor sich her pustete, auf die Kurgäste hinab. Von Josephine wurde die mittlere Schwester dem eben vorbeipromenierenden Fräulein

Maja Einstein vorgestellt. Da gab es viele Gemeinsamkeiten, die entdeckt werden wollten. Die Lehrerinnenseminare in Zürich und Aargau glichen sich nicht vollständig, und im Gegensatz zu Helene hatte Fräulein Maja die französische, nicht die deutsche Sprache und Literatur als Hauptfach belegt und strebte ein nun auch für Frauen zugängliches Studium der Romanistik an. Bewundernd lauschte Helene Majas Ausführungen über die Universität Bern, die jene zu besuchen gedachte. Da erinnerte sich Helene des sonnigen Gemüts ihrer Berner Freundin Regula, mit der sie sich in Zürich das Zimmer geteilt hatte, und erzählte Maja davon. Maja versprach, falls sich ihre Studienpläne verwirklichen ließen, Regula in Bern aufzusuchen und von Helene zu grüßen.

Ein warmes Sommerlüftchen blies durch den prachtvollen Rosengarten hinter dem Conversationshaus, als man sich dort zwischen verlockend duftenden rosafarbenen Blüten erging und zufällig auf die Zeemans stieß. Helene machte große Augen, als sie sah, wie vertraut ihre beiden Schwestern mit dem verehrungswürdigen Nobelpreisträger und seiner Frau umgingen. Erstaunt musterte sie den weißblonden Kopf des jüngeren Zeeman-Bruders, der sich formvollendet über Josephines Hand beugte und sie mit einem Handkuss bedachte. Auch sie selbst wurde mit den Zeemans bekannt gemacht und zollte deren Wissen und Kultur Hochachtung.

Da hakte Maja sie unter und schlug vor, ein Bad in der Nordsee zu wagen. Sie verabredeten sich für den Nachmittag, um gemeinsam über den Damenpfad zur für sie ausgewiesenen Badestelle zu gelangen, die vom Strand für Männer abgetrennt war. Helene lächelte freudig in sich hinein, als ihr bewusst wurde, dass Maja sie und nicht eine ihrer Schwestern gebeten hatte mitzukommen.

Während das Ehepaar Vines mit Klein Peter, der in seinem weiß bespannten Kinderwagen schlief, und den Großeltern Walther über den Deich flanierte, begleitete Helene ihre jüngste Schwester zurück zur Pension Warnkes. Unterwegs machten sie einen kleinen Umweg zur roten Inselkirche, deren Backsteingotik, hinter Wildem Wein halb verborgen, auch Helene zutiefst beeindruckte. Rasch nahm Josephine die Stufen, die hinauf zur Eingangstüre des Pfarrhauses führten, und betätigte den Klopfer. Niemand öffnete. Die Enttäuschung war ihr ins Gesicht geschrieben, als sie wieder unten bei Helene stand. Gemeinsam schritten sie schweigend aus und saßen bald schon auf ihren Betten in ihrem gemütlichen Gästezimmer in der Marienstraße.

Was nun? Josephine wollte am Nachmittag an ihren Antarktis-Betrachtungen weiterschreiben und noch einmal zurück zum Pfarrhaus gehen, um nach Viktor zu sehen, während Helene zu ihrem Badeabenteuer mit Maja aufbrechen würde. Nachdem man damals für Josephines Kur einen Badeanzug bis zu den Knöcheln gefertigt hatte, reichten die modernen Badekleider nur noch bis zum Knie. Ein solches zog Helene nun aus ihrem Koffer hervor, dazu eine schwarze Badekappe und ein großes blaues Handtuch. Auf das Bad in den heranbrausenden Nordseewellen freute sie sich schon sehr.

Mit den drei Töchtern, dem Schwiegersohn, dem niedlichen Enkel und den neuen Bekannten verbrachte das Ehepaar Walther eine herrliche erste Ferienwoche auf Norderney. Man war kreuz und quer über die lauschigen Promenadenwege spaziert, hatte einen unter Bäumen versteckten Schwanenteich entdeckt und mit Peter die Enten und Möwen gefüttert. Dahinter lagen saftig grüne Polder, auf welchen schwarz-weiße Kühe und einige edle Reitpferde weideten. Man war am imposanten Schaugiebel des Norderneyer Postamtes vorbeigekommen, das die Kaiserliche Postdirektion Oldenburg vor elf Jahren erbauen ließ, und hatte die kunstvollen Ornamente und Wappen des Kaiserreiches an der langen Klinkersteinfassade gelobt.

Den verwunschenen Georgsgarten hatte man entdeckt und in der daneben befindlichen Hofkonditorei den äußerst schmackhaften friesischen Teekuchen probiert, war an den Büros der Königlichen Badeinspektion vorbeipromeniert und hatte an den eigens dafür eingerichteten Spielplätzen an der Kaiserstraße das Tennisspiel erprobt. Eine Zaubersoiree hatte alle in ihren Bann gezogen, ein Soloabend mit dem Beethovenschen Violinkonzert für viel Beifall gesorgt. Samuel und sein

Schwiegervater waren im Conversationshaus auf das geräumige Lesezimmer gestoßen, das seitdem von den beiden Männern eifrig genutzt wurde, da es für seine Kurgäste über zweihundert verschiedene in- und ausländische Zeitungen bereithielt. Mit den Ponyfuhrwerken ging es am Ende der Woche an der Meierei, an Strandhafer und Sanddornbüschen vorbei zum Leuchtturm am kleinen Eiland. Dort genoss man die Stille der Inselnatur, inhalierte die frische Seeluft aus tiefster Brust und konnte die Seele einmal baumeln lassen.

Äußerlich ganz ruhig, innerlich jedoch angespannt, zermarterte Josephine sich das Hirn und suchte nach Gründen, weshalb sie Viktor bisher nicht am Pfarrhaus angetroffen hatte. Hatte er auf dem Weg nach Norderney einen Unfall erlitten? War ihm etwas dazwischengekommen, so dass er seine neue Stelle nie angetreten hatte? Sie wusste es nicht. Es brachte sie fast um den Verstand, so im Dunklen zu tappen.

Da hörte sie zufällig ein Gespräch ihrer Eltern, in dem es um sie und um ihre mittlere Schwester ging. Ludwig Walther war gewillt, auch seine beiden jüngeren Töchter unter die Haube zu bringen und glaubte, endlich die geeigneten Kandidaten gefunden zu haben. Mit seiner Gemahlin besprach er die Details. Der jüngere Niederländer, Henk Zeeman, habe ihm gegenüber bereits seine Zuneigung zu Josephine bekundet. Dieser Verbindung stehe daher kaum mehr etwas im Wege. Und wegen Helene habe er mit seinem Freund Wendelin Löffler, dem Tübinger Heimatforscher, besprochen, dass man dessen Bruder Winfried, den Kunsthistoriker, mit Helene verheiraten wolle. Der junge Löffler habe seit jeher eine Schwäche für Helene gehabt, deutete Ludwig seiner Frau gegenüber an. Die gemeinsame Vorliebe für die Malerei sei eine gute Grundlage für diese Verbindung. Beim Abendessen gedachte Ludwig Walther mit beiden Töchtern zu sprechen, um endlich Nägel mit Köpfen machen zu können.

Josephine erschrak. Sie sollte Henk heiraten? Aber den kannte sie doch erst seit ein paar Tagen! Sie wollte sich nicht in eine Verbindung drängen lassen! Was sollte sie bloß tun? Mit Helene musste sie unbedingt sprechen! Was würde die Schwester dazu sagen, dass der Vater Winfried Löffler für sie auserkoren hatte? Ausgerechnet „Herrn Nase"! Soweit Josephine sich erinnern konnte, hatte Helene dem jungen Löffler nie tiefere Gefühle entgegengebracht. Anders sah es mit diesem Fotografen bei Barbaras Hochzeit aus, Julius Rilling. Und später fühlte sie sich zu dessen Bruder Oskar hingezogen, den Helene in Stuttgart wiedergesehen hatte, das wusste Josephine. Wie würde man sich hier nun vor dem Vater aus der Affäre ziehen?

Auf der Rückfahrt zur Pension wählte Josephine bewusst den Ponywagen, in dem sie dicht neben Helene sitzen konnte. Im Fahrtwind wisperte sie ihr ins Ohr, was sie vorhin zufällig mitgehört hatte, und musste feststellen, dass Helene dabei ganz blass im Gesicht wurde.

Die Stunde der Wahrheit rückte näher und näher und die beiden Schwestern wurden stiller und stiller. Als Josephine sich vor dem Abendessen zum Umkleiden aufs Zimmer begeben wollte, klopfte es an der Tür. Durch die milchige Glasscheibe glaubte sie, die vertrauten Umrisse Viktor Wildermuths zu erspähen. Ihr Herz begann zu galoppieren. Was würde nun geschehen? Rasch schob sich Josephine durch die Haustür nach draußen und stand einem bleichen, kraftlos wirkenden Viktor gegenüber. Welche Katastrophe war über ihn hereingebrochen? War er am Ende schwer krank? Erschrocken zog sie ihn auf eine rosenumrankte Gartenbank hinters Haus und blickte ihm forschend ins Gesicht.

Als ihre jüngere Schwester nach draußen verschwunden war, nahm Helene sich ein Herz, zog Oskars Brief hervor und stapfte damit energisch zum großen Esszimmer. Verlegen zupfte sie am blütenweißen Tischtuch herum und versuchte, das Schreiben hinter ihrem Rücken zu verbergen. Vielleicht wäre es doch keine gute Idee, ihrem Vater Oskars Liebesgeständnis zu zeigen. Unschlüssig trat sie von einem Bein auf das andere, schob sich eine dunkle Strähne hinters Ohr und überlegte, ob sie umkehren sollte.

Da kam ihr Vater aus seiner Kammer und strich sich noch die Krawatte glatt. Wie schön, dass er sie hier sehe, meinte er und ließ sich schwer auf einen der Esszimmerstühle fallen. Er habe gute Neuigkeiten aus Tübingen, er habe einen Bräutigam für sie gefunden.

Der Vater machte eine kurze Pause und setzte Helene dann ins Bild: Winfried Löffler gedenke sich mit ihr zu verheiraten.

Helene erstarrte, dann begann sie den Kopf zu schütteln. Ihr wurde abwechselnd heiß und kalt. Sie fürchtete, keine Luft mehr zu bekommen. Kopflos öffnete sie ein Fenster auf der Gartenseite. Schon strömte die laue Luft des beginnenden Inselsommerabends herein und Helene tat einen tiefen Atemzug. Was würde ihr Vater zu ihrem Brief sagen? Sie hatte Oskar noch nicht einmal eine Antwort geschickt! Vorsichtig holte sie ihn hervor, entfaltete den edlen weißen Bogen mit der gestochen scharfen Schrift und hielt ihn ihrem Vater unter die Nase. Dieser drückte sich sein Monokel ans rechte Auge und nahm das Schreiben mit gerunzelter Stirn unter die Lupe. Überrascht ließ er das Blatt sinken und blickte seine mittlere Tochter an, die unwillkürlich den Atem angehalten hatte.

„Welchem Beruf geht dieser Mann nach? Kann er eine Familie versorgen?", erkundigte sich Ludwig Walther zunächst.

„Er unterrichtet am Stuttgarter Konservatorium Orgel und Klavier. Dort verdient er recht gut", gab sie wahrheitsgetreu Auskunft.

„Liebst du ihn, diesen Oskar?"

„Ja", war Helenes schlichte Antwort.

„Dann bist du also so gut wie verlobt."

Helene nickte. Ihr Vater erhob sich schwer von seinem Platz und umarmte das schmale Mädchen. „Viel Glück, mein Lenchen!" So hatte er Helene nicht mehr genannt, seit sie in die Realschule gekommen war. Gerührt drückte sie ihren Vater. Es war ausgestanden! War das zu fassen? Sie hatte den Segen ihres Vaters! Helene tänzelte wie im Traum davon. Jetzt konnte sie sich daran machen, Oskar zu schreiben, dachte sie, und ein Gefühl von Seligkeit breitete sich in ihr aus.

Währenddessen saßen Josephine und der käseweiße Blondschopf nebeneinander auf der Holzbank in Warnkes' Garten und sahen sich an. Josephines Nixenaugen verfingen sich in seinem fahlen Blau, das sein Strahlen verloren hatte. Ihr Herz klopfte so laut, dass sie meinte, er müsse es hören.

Er habe eben eine schlimme Sommergrippe überstanden, begann Viktor. Schmerzlicher als diese sei allerdings seine heutige Begegnung mit ihrem Vater Ludwig Walther gewesen, welchem er im Lesesaal des Conversationshauses über den Weg gelaufen sei. Durch Josephines Beschreibungen habe er ihn und ihren englischen Schwager sofort erkannt und sich vorgestellt. Da habe Herr Walther ihm stolz von der unmittelbar bevorstehenden Verlobung Josephines mit einem Holländer namens Zeeman erzählt.

„Ist das wahr?", fragte er Josephine. „Ziehst du Zeeman mir vor?"

Josephine war sprachlos. Langsam schüttelte sie den Kopf.

Viktor fuhr fort: „All die Jahre habe ich dich geliebt. Doch zuerst warst du noch zu jung, um an mehr als an Freundschaft zu denken. Dann hätte ich mich dir offenbaren können, aber ich hatte noch keine feste Stelle und konnte keine Familie versorgen. Und jetzt, als sich endlich alles zum vermeintlich Guten gewendet hat und ich nach Norderney versetzt wurde, schnappt dich ein anderer mir vor der Nase weg!"

„Nein, nein!", brach es aus Josephine hervor. „Mein Herz gehört nur dir!", setzte sie hinterher. Fragend, ja beinahe ängstlich blickte sie ihn durch ihre Wimpern unsicher an.

Da zog Viktor sie zu sich heran, umfasste ihr Gesicht zärtlich mit seinen Händen und küsste sie sanft auf ihre Lippen. Wie im Traum ließ Josephine ihren Liebsten gewähren. Das hatte sie sich seit Jahren im Stillen gewünscht. Mächtig und stark durchströmte sie ein neues, unbekanntes Gefühl. Das war also die Liebe, dachte Josephine ehrfürchtig.

Hand in Hand betraten sie, nachdem die Welt für sie beide einen Moment stillgestanden und sich für immer verändert hatte, die Pension Warnkes, um Josephines Vater gegenüberzutreten. Ludwig Walther hatte wieder am ovalen Esstisch Platz genommen, Helene war schwebenden Schrittes verschwunden, und jetzt harrte er der restlichen Familie, die noch auf sich warten ließ. Als er

Viktor und Josephine Seite an Seite nahen sah, runzelte er die Stirn. Die verflochtenen Finger der beiden Hände deuteten bereits darauf hin, was geschehen war. Ohne Umschweife hielt Viktor um Josephines Hand an. Ein Blick auf seine Jüngste, die vertrauensvoll zu dem blonden jungen Mann aufblickte, zeigte Ludwig Walther, dass Josephine sich längst entschieden hatte. Seufzend verabschiedete er sich von dem Gedanken, einen berühmten Architekten zum Schwiegersohn zu bekommen, stattdessen würde es ein Inselpfarrer sein. Um Josephines willen gewährte er Viktor die Hand seiner Tochter:

„Wildermuth, ich vertraue Ihnen meine Jüngste an. Passen Sie gut auf sie auf."

„Das werde ich", versprach Viktor mit gedankenvoller Ernsthaftigkeit.

Ludwig Walther atmete tief durch und fragte sich insgeheim, weshalb seine Töchter immer ihren eigenen Kopf durchsetzen wollten. Was für eine neumodische Zeit!

Nun betraten alle, einer nach dem anderen, den Raum und ließen sich um das Oval des Tisches nieder. Ludwig erhob sich mit feierlicher Miene, verkündete, dass Josephine und Viktor Wildermuth beschlossen hätten, die Ehe einzugehen, und gab Helenes bevorstehendes Verlöbnis mit Oskar Rilling bekannt. Überraschte und erfreute Blicke begleiteten die Glück- und Segenswünsche, die durch das Esszimmer tönten. Von allen Seiten wurde herzlich gratuliert und mit den Sektgläsern, die Frau Warnkes inzwischen hereingebracht hatte, klangvoll auf beide Paare angestoßen.

Die sich neigende Sonne erglühte über dem rosafarbenen Inseldunst. Durch das geöffnete Esszimmerfenster drang der betörende Duft der Rosen herein und verzauberte an diesem bedeutsamen Abend alle gleichermaßen.

EPILOG

Januar 1982

In den Sektgläsern perlte der Schaumwein, als Peter seinen beiden Schwestern Dana und Evelyn „A Happy New Year" wünschte. Vorsichtig dehnte er seine Schultern und dachte daran, dass sein Rücken heute etwas weniger schmerzte als am gestrigen Silvestertag. Dana lächelte ihren großen Bruder an und bemerkte, dass er nun unbedingt die Einladungen für seinen 80. Geburtstag verschicken müsse. Nickend stellte Peter sein langstieliges Glas auf dem Sideboard ab, zog einen zusammengefalteten Zettel aus seiner Hemdtasche und rückte seine silberne Lesebrille zurecht.

Dort standen Namen untereinander, Personen, die Peter zu seiner Tübinger Feier im Oktober dieses Jahres einzuladen gedachte. Erneut lächelte Dana, als sie ihren und Evelyns Namen zuoberst entdeckte. Neben Evelyn stand der Name ihres Sohnes Corbin. Er würde seine Mutter und Tante Dana im Herbst zum Flughafen bringen, mit ihnen nach Stuttgart fliegen und von dort mit einem Mietwagen die Strecke nach Tübingen zurücklegen. Das war bereits alles minutiös geplant, denn Evelyn liebte es nicht, Dinge auf die lange Bank zu schieben.

Unter Evelyn hatte Peter den Namen seiner Tochter notiert, Beth. Sie würde mit ihrem Mann Alec und den beiden Töchtern Amber und Lily kommen, da war er sich sicher.

Dann würde er Tante Helenes Enkeltochter Holly einladen. Diese hätte bestimmt ihren Mann Clemens und ihre drei Kinder, Wanda, Alban und Britt, im Schlepptau. Als Holly ein Kind war, hatte Peter sie täglich gesehen. Nun konnte er sich nicht einmal mehr daran erinnern, wann er sie zu letzten Mal getroffen hatte. Es wurde höchste Zeit für ein Wiedersehen!

Von Tante Josephines Kindern kannte er nicht einmal alle Adressen! Die beiden Ältesten, Philipp und Kord, wohnten irgendwo in den Vereinigten Staaten. Da sie sowieso nicht kommen würden, müsste er sie gar nicht erst einladen. Tante Josephines Töchter Ina, Marie und Kristin würde er schon einladen. Ob Ina und Marie in ihrem fortgeschrittenen Alter solch eine weite Reise auf sich nehmen würden? Doch bestimmt würde Kristin mit ihrer Tochter Jule und deren Familie den Weg von Norderney nach Süddeutschland auf sich nehmen, um mit ihm zu feiern!

Peter zückte einen silbernen Kugelschreiber, um noch ein paar treue Freunde auf die Liste zu setzen. Zustimmend beugte sich Dana über den Zettel und meinte, schon in den nächsten Tagen könnten die Einladungen für das große Geburtstagsfest, das im Oktober in Tübingen gefeiert werden sollte, verschickt werden!

Oktober 1982

„Das hier muss es sein", rief Britts helle Stimme vom Rücksitz aus nach vorne.

„Ja, ja", ertönte es vom Fahrersitz. Vater Clemens, steif vom langen Sitzen, war mit seinem schnittigen schwarzen Wagen von Tübingen aus in Richtung Bebenhausen abgebogen. Neben der malerischen Fachwerkfassade des Klosters inmitten von goldschimmerndem Herbstlaub hatte er das hohe gelbe Gebäude, auf dem in altertümlichen Lettern „Gasthaus Krone" prangte, ebenfalls erspäht. Mutter Holly klappte den Sonnenschutz mit dem Spiegel herunter, blickte im reflektierenden Rechteck nach den drei dunklen Lockenköpfen hinter sich und begann dann, sich die Lippen rot nachzuziehen. „Seid schön artig, Kinder", murmelte sie. Es nickten drei Köpfe.

„Natürlich!", presste Wanda hervor.

„Klar!", rang sich Alban ab.

„Sicher!", fügte auch Britt, die Jüngste, hinzu.

Clemens hatte seinen Mercedes neben einem roten Golf geparkt, dessen Kennzeichen AUR lautete, stieg aus und dehnte seine Glieder.

„Was ist denn AUR?", wollte Alban wissen, als er sich aus dem Wageninneren schob.

„Aurich", antwortete Holly. „Das sind sicher unsere Verwandten von der Nordsee, die Nachfahren von

Josephine. Jule, Josephines Enkelin, ist so alt wie ich. Sie kommt mit ihrem Sohn Hanno aus Norderney."

„Die haben auch so eine lange Fahrt hinter sich", brummte Clemens mürrisch, „Berlin liegt ja nicht gerade um die Ecke. Unsere Fahrt durch die DDR hat sich wieder einmal in die Länge gezogen."

„Onkel Peter wird nur einmal 80!", hielt Holly dagegen. „Also reißt euch alle zusammen. Es kommen sogar die Verwandten aus England und Schottland. Peters Schwestern Dana und Evelyn werden hier sein. Und Peters Tochter Beth mit ihrem Mann Alec und ihren Töchtern wird auch mitfeiern. Beth war früher mal meine beste Freundin. Da waren wir noch Kinder. Ihr wisst ja, dass ich in Schottland geboren bin."

„Ja, Mama", meinte Wanda, „das wissen wir."

Herrlich beschien die milde Oktobersonne die gelben Wipfel über dem Bebenhausener Parkplatz. Nach dieser langen Anreise würde sie jetzt am liebsten einen Spaziergang in der herbstlichen Natur machen, seufzte Holly. Stattdessen würde man sich setzen, üppig speisen und sich gegenseitig versichern, wie erfolgreich die Männer im Beruf und wie wohlgeraten doch die Kinder seien. Holly dachte an ihre Großmama Helene und wie gerne diese den Geburtstag ihres Neffen Peter mitgefeiert hätte. Doch sie war vor einigen Jahren schon beerdigt worden, zwar nicht auf dem Stuttgarter Hoppenlau-Kirchhof, aber auf dem Stuttgarter Stadtfriedhof, neben ihrem Mann Oskar. Holly vermisste sie in manchen Stunden immer noch sehr.

Hollys dunkle Dauerwelle wippte, als sie ihren Korb, der Peters Geschenke enthielt, aus dem Kofferraum bugsierte. Sie trug zur Feier des Tages ein neues olivgrünes Kostüm. Farblich abgestimmt darauf war Clemens' Krawatte, die aus seinem schwarzen Anzug hervorlugte. Clemens fuhr sich durch sein kurzes, immer schütterer werdendes graues Haar, rückte sich die braune Hornbrille zurecht und schritt der Familie voraus in Richtung Gasthof.

Hinter Holly mit ihrem geflochtenen Korb trotteten Wanda und Britt, in Rock und Bluse, darüber einen orangefarbenen Pullunder, den die Mutter ihnen selbst gestrickt hatte. Alban, der sich über sein steifes weißes Hemd ärgerte, ging ganz am Schluss und hoffte, dass wenigstens das Essen erträglich werden würde, denn die Gespräche mit der größtenteils unbekannten Verwandtschaft wären es sicher nicht.

Wenn man die Gaststube betrat, stand man sofort in der hölzernen Garderobenecke. Dort hängte gerade ein blonder Junge in braunen Cordhosen, der so alt wie Alban schien, seine Jacke an einen Haken.

„Hey!" sagte der fremde Knabe etwas lustlos.

„Hallo! Ich bin Alban.", hörte Alban sich sagen.

„Ich heiße Hanno. Wir kommen aus Norderney. Ich bin mit meiner Mutter Jule und meiner Oma Kristin hier. Sie stehen dort drüben." Hanno wies auf eine vollschlanke Mittvierzigerin mit blondierten kurzen Haaren und auf eine kleine Weißhaarige mit Brille.

„Mein Vater und meine Schwester konnten nicht mitkommen, weil sie arbeiten."

Mit so vielen Informationen hatte Alban nicht gerechnet. Das war also die Norderneyer Seite der Verwandtschaft, Josephines Nachfahren. Nun fühlte Alban sich verpflichtet, auch seine Familie vorzustellen. Mit der Hand deutete er auf seine Eltern, die Onkel Peter inmitten einer Menschentraube erspäht hatten und auf ihn zusteuerten. Er nannte ihre Namen und auch die seiner beiden Schwestern.

„Britt ist zwölf und Wanda fünfzehn."

Hanno folgte Albans ausgestrecktem Arm mit den Augen und betrachtete die beiden Mädchen in ihren leuchtenden Pullundern, die sich sichtlich unwohl fühlten, genau. Sie sahen eigentlich recht nett aus, dachte er.

„Woher kommt ihr denn?", wollte Hanno wissen.

„Berlin", antwortete ihm der Dunkelhaarige, während er an seinem Hemdkragen zog und versuchte, ihn zu lockern. Aber seine Uroma Helene habe in Stuttgart gelebt, schob er hinterher.

„Ach", sagte Hanno nur. Damit war geklärt, dass ein Teil von Helenes Nachkommen in Berlin wohnte. Dann schlug er vor: „Lass uns das Geburtstagskind suchen und gratulieren. Peter steht da hinten."

Alban folgte dem Gleichaltrigen durch den langgestreckten Raum, den eine festlich gedeckte Tafel zierte.

Hohe gelbe Kerzen thronten zwischen Sonnenblumen-köpfen, die aus dem stehenden weißen Stoffservietten-wald hervorblinzelten. Geschäftig schwirrten einige Kellnerinnen hin und her, stellten Wasser- und Weinfla-schen auf die Tische und rückten noch die letzten Stühle zurecht.

Durch die breiten Panoramafenster blickte man auf einen herbstlichen Garten hinaus. Das gelbe und rote Ahornlaub schaukelte im Wind, die letzten orangefarbe-nen Rosenköpfe rankten an einem metallenen Gitter em-por. Unter den dichten Büschen leuchteten ein paar gelbe Sonnenhüte, darunter lagen die ersten abgeworfe-nen braunen Blätter.

Bevor die Jungen den Jubilar erreicht hatten, wurden sie von Tante Beth und Onkel Alec angehalten, die von noch weiter hergekommen waren als sie beide. Sie wa-ren so alt wie Albans Eltern und stellten sich als die Ver-wandten aus Schottland vor. Alban wusste, dass das Ge-burtstagskind ursprünglich aus Großbritannien kam und eine Tochter namens Beth hatte. Er drückte die Hände des freundlichen Paares. Tante Beth war ent-zückt, auch Jules Sohn Hanno kennenzulernen, den sie noch nie zuvor gesehen hatte. „Deine Schwester Lotta habe ich als Kind einmal gesehen, aber wir beide kennen uns noch nicht!", lächelte sie ihn an. Etwas ratlos ließen die Jungen ihre Schultern hängen. Was nun? Sie wussten nicht, was sie mit den unbekannten schottischen Ver-wandten reden sollten. Also schwiegen sie.

„Amber! Lily!", rief Beth jetzt durch den Raum. Zwei hübsche Mädchen in gelben Kleidern, eine blond, eine dunkel, durchquerten den Saal. Schon standen sie vor den Jungen. Stolz stellte Tante Beth ihre beiden Töchter vor, die etwa so alt sein mussten wie Britt, mutmaßte Alban. Verstanden die schottischen Mädchen überhaupt Deutsch? Als Amber ihren lachenden Mund öffnete und mit einem drolligen Akzent versuchte, deutsch zu sprechen, hatte Alban zum ersten Mal heute das Gefühl, der Geburtstag von Onkel Peter könne doch noch eine lustige Angelegenheit werden.

Auch Hannos Gesichtszüge sahen nicht mehr so gelangweilt aus. Da gab es tatsächlich Jugendliche in seinem Alter! Wer hätte das gedacht!

Das Geburtstagskind ließ einen Blick über die Festgäste gleiten und freute sich, dass so viele seiner Einladung nach Württemberg gefolgt waren. Neben Peter, der schon vor einigen Tagen in Tübingen eingetroffen war, standen seine beiden Schwestern Evelyn und Dana, adrette Damen Mitte siebzig. Samuel und Barbara hatten einen Sohn und zwei Töchter hinterlassen, die auch nach vielen Jahrzehnten noch einen engen Kontakt zueinander pflegten. Evelyns ältester Sohn Corbin war mit seiner Mutter und deren Schwester Dana wie geplant von London aus per Flugzeug und Mietwagen angereist, um an Peters Feier teilzunehmen.

„Schade, dass Mutter das nicht mehr erlebt!", meinte Dana. „Sie hätte sich so gefreut, wenn sie gesehen hätte, wie ihre Nachfahren und die ihrer Schwestern Helene und Josephine sich aus allen Ecken Europas zusammenfinden und gemeinsam deinen achtzigsten Geburtstag feiern, Bruderherz."

Peters faltiges Gesicht lächelte, als er zustimmend den Kopf senkte. „Seht euch Beth, Holly und Jule an. Erinnern sie euch nicht ein bisschen an Barbara, Helene und Josephine? Schön, dass sie sich alle herbemüht haben!"

„Dass deine Tochter Beth mit Mann und Kindern kommen würde, war ja klar", warf Evelyn ein. „Wie geht es ihnen denn in der Schule in Linlithgow? Konnten sie das Cairnpapple-Gutshaus wieder instand setzen?"

Versonnen nickte Peter und dachte darüber nach, wie er nach dem Tod seines Cousins James praktisch über Nacht das Anwesen auf Cairnpapple Hill geerbt hatte. Peter hatte in seiner Kindheit viele Sommer mit seinem Vetter in Schottland verbracht. Der Lord, ein seltsamer Mensch, wollte die Jungen zur Moorhuhnjagd mitnehmen, doch die beiden beobachteten lieber diese rotbraunen fasanenähnlichen Tiere in der weiten Heidelandschaft West Lothians mit ihren Ferngläsern.

Als sie ihre Schulzeit beendet hatten, trauerten die beiden Abiturienten zunächst um den Lord und die Lady, die auf einer Reise nach Asien an einem unbekannten Virus erkrankt und dort unmittelbar nacheinander daran gestorben waren. Die zwei jungen Männer planten, gemeinsam ihr Studium an der Business School der University Strathclyde in Glasgow aufzunehmen, doch James hatte seine Vorliebe für die Geschwindigkeit und schnelle Autos entdeckt. So war er einundzwanzigjährig bei einem tragischen Verkehrsunfall ums Leben gekommen. Laut James' Testament war Peter der Alleinerbe des Cairnpapple-Gutes.

Dort waren seine einzige Tochter Beth und Tante Helenes Enkelin Holly wie Schwestern aufgewachsen, behütet von Hollys großem Bruder Ben, der mittlerweile in New York lebte und Peter zu seinem 80. Geburtstag eine Grußkarte geschickt hatte.

Peter erinnerte sich an die Zeit kurz vor Ausbruch des zweiten Weltkrieges, als er sich noch allein um das malerische Gutshaus auf Cairnpapple Hill gekümmert hatte. Plötzlich hatten sich die leeren Zimmer des Guts gefüllt.

Im Jahre 1938 konnte Oskars und Helenes Tochter Pauline während der Naziherrschaft das Deutsche Reich mit ihrem jüdischen Mann Solomon und mit ihrer Mutter verlassen. Pauline wollte ihr erstes Kind nicht in Deutschland zur Welt bringen, wo das Leben für ihren Mann von Tag zu Tag beschwerlicher wurde. Helene hatte ihre schwangere Tochter nach Cairnpapple Hill begleitet, um ihr während und nach der Geburt des Kindes einige Zeit zur Seite zu stehen. Eine abenteuerliche Reise brachte das Trio, das nur wenig Gepäck mitnehmen konnte, nach Schottland. Auf diese Weise war Solomon den Nazis entkommen. Mit offenen Armen hatte Peter seine deutschen Verwandten bei sich aufgenommen. Für ihn allein war das ererbte Gutshaus sowieso viel zu groß gewesen. Er mochte seine Tante Helene, die mit Hingabe Skizzen von Cairnpapple Hill in ihrem schwarzen Büchlein anfertigte. Auch seine Cousine Pauline hatte er sehr gern, sie war pragmatisch veranlagt und ließ sich niemals unterkriegen.

Ben, Paulines Sohn, war noch 1938 auf Cairnpapple Hill geboren und ein Zeichen der Hoffnung in diesen unsicheren Zeiten gewesen. Paulines Tochter Holly hatte 1940 dort das Licht der Welt erblickt. Sie hatte in Schottland ihre ersten Schritte getan und in Beth, Peters Tochter, eine erste beste Freundin gefunden.

Später, als Erwachsene, hatte es Holly, die Künstlerin, in das Deutschland der sechziger Jahre gezogen. Zunächst hatte sie in Hamburg, dann in Westberlin studiert. In Berlin hatte sie auch den staubtrockenen Zahnarzt Clemens kennengelernt und geheiratet. Ob Holly wohl glücklich war? Peter nickte bedächtig. Ihr Glück gründete sich auf ihre drei Kinder. Dort standen sie, Wanda, Alban und Britt, mit den schottischen Mädchen ins Gespräch vertieft. Ob Clemens Holly heute noch glücklich machte, das konnte Peter beim besten Willen nicht sagen.

Dagegen machte ihm seine Tochter Beth, die ihn in ihrer Art oft an seine Mutter Barbara erinnerte, einen zufriedenen Eindruck. Sie arbeitete gerne als Lehrerin in Linlithgow, am selben Gymnasium wie ihr Mann. Ihre beiden Töchter Lily und Amber waren ihr Ein und Alles, was Peter sehr gut verstehen konnte, denn auch er war hingerissen von seinen beiden hübschen Enkelinnen.

Alban und Hanno schien es nicht anders zu gehen, denn in der Ecke, in der die Kinder standen, ging es mittlerweile laut und lebhaft zu.

Peters Interesse wandte sich dem Blondschopf Hanno zu, der eine große Ähnlichkeit mit seiner Urgroßmutter Josephine hatte. Josephine, deren Grab sich auf dem Norderneyer Gemeindefriedhof befand, wäre begeistert, wenn sie den fröhlichen, gesunden Burschen hier sehen könnte, dachte er bei sich. Von Josephines fünf Kindern war heute nur das jüngste hier: Kristin, eine winzige weißhaarige Dame in einem tannengrünen Kostüm, die auf die Siebzig zusteuerte. Kristins Tochter Jule war von Norderney mit dem Wagen nach Tübingen gefahren und hatte ihre Mutter und ihren Sohn Hanno mitgenommen.

Peter wusste, dass in Niedersachsen gerade die Herbstferien begannen. Er bedauerte, dass Jules Mann, der kluge, bedächtige Dachdecker Dirk, nicht dabei sein konnte, ebenso wenig wie deren Tochter Lotta. Diese war mit ihren zwanzig Jahren bereits eine gestandene Kinderkrankenschwester und hatte an diesem Wochenende Dienst im Seehospiz „Kaiserin Friedrich".

Nach einem leckeren Mittagessen mit Braten, Gemüse, Spätzle und viel Jägersauce, nach einer kurzen, spritzigen Rede, die Beth auf ihren Vater gehalten hatte, nach dem Aufsagen verschiedener Gedichte und Verse durch die Kinder und dem Überreichen der Geschenke saßen Beth, Holly und Jule beisammen am Kaffeetisch.

„Ist es nicht schön, dass wir uns in dieser Runde hier in Tübingen treffen?", schwärmte Jule. „Wir sind alle drei die Enkelinnen von Barbara, Helene und Josephine und alle 1940 geboren!"

Beth und Holly nickten. Seit Holly Schottland den Rücken gekehrt und sich in Westberlin niedergelassen hatte, war ihr Kontakt nach Linlithgow nicht mehr so eng. Aber viele Kindheitserinnerungen an Cairnpapple Hill während und nach dem Zweiten Weltkrieg verbanden Barbaras Enkelin Beth und Helenes Enkeltochter Holly nach wie vor. Davon berichteten die beiden abwechselnd. Beth erzählte, dass ihr Vater Peter zu Beginn des Zweiten Weltkrieges mit ihrer Mutter eine Affäre gehabt hatte. Er wusste von der Schwangerschaft und holte Beth zu sich, als ihre Mutter im Sommer 1940 kurz nach ihrer Geburt verstarb.

Zu der Zeit lebten bei Peter auf Cairnpapple Hill bereits seine Tante Helene, deren Tochter Pauline und deren Schwiegersohn Solomon sowie Helenes erster Enkel Ben. Als Solomon im Herbst 1944 einer Lungenentzündung erlag, waren sein Sohn Ben sechs und seine Tochter Holly knapp vier Jahre alt.

Paulines Vater Oskar, der Stuttgarter Musikprofessor, hatte 1938 seiner Frau, seiner schwangeren Tochter und deren Mann zu den nötigen Papieren verholfen, damit sie nach Schottland reisen konnten. Er selbst erwartete seine Frau nach der Geburt des ersten Enkels zurück. Durch den Kriegsausbruch verzögerte sich Helenes Rückkehr zu ihrem Mann um etliche Jahre. Oskar blieb in Stuttgart, ebenso der erwachsene Sohn, Paulines Bruder, der Julius hieß. Julius war zu Beginn des zweiten Weltkrieges eingezogen worden und dann schwer verwundet aus Belgien vom Westfeldzug zurückgekehrt.

So trennten sich die Wege des Ehepaars Rilling für die Kriegsjahre. Während Helene an Weihnachten 1945 die Heimreise zu ihrem geliebten Mann – der Sohn war inzwischen seinen Verletzungen erlegen – ins zerbombte Stuttgart antrat, beschloss ihre Tochter Pauline, sich zusammen mit Peter um die Erziehung Bens und der beiden fünfjährigen Mädchen Beth und Holly zu kümmern und auf Cairnpapple Hill zu bleiben. Mittlerweile, mit Mitte siebzig, war Pauline ernsthaft erkrankt und nach mehreren Operationen bettlägerig. Peter hatte sie in einem Altersheim in Linlithgow untergebracht, bedauerlicherweise konnte sie an seinem Ehrenfest nicht teilnehmen.

Hier klinkte Jule sich ein. Nachdem ihre beiden Onkel Philipp und Kord schon Ende der zwanziger Jahre nach Amerika ausgewandert waren, blieben bei Viktor und Josephine im Pfarrhaus auf der geliebten Nordseeinsel noch ihre drei Töchter Ina, Marie und Kristin.

Ina hatte bald eine gute Position in einem der Norderneyer Hotels direkt am Strand und zog von zu Hause aus und mit einer Freundin in eine Wohnung neben ihrer Arbeitsstätte.

Marie heiratete kurz vor Hitlers Machtergreifung einen jungen schwedischen Matrosen und folgte ihm nach Malmö. Dorthin floh Kristin zu Beginn des Zweiten Weltkrieges, denn sie wusste, dass sie schwanger war, der Vater des Kindes allerdings an die Front abkommandiert wurde, bevor man überhaupt über eine Verheiratung reden konnte. Daher verbrachte die blonde Jule, Kristins Tochter, ihre ersten Lebensjahre bei Tante Marie und deren schwedischer Familie in Malmö. Als sich die Kriegswirren gelegt hatten, kehrte Kristin mit ihrem einzigen Kind zurück zur Mutter Josephine nach Norderney, wo sie sich niederzulassen gedachte. Sie erfuhr dort erst, dass ihr Vater Viktor während eines kurzen Verwandtenbesuchs in Hamburg 1943 bei einem Bombenangriff ums Leben gekommen war. Trost fand Kristin in der Malerei und später in den Armen eines verwitweten Reeders.

Jule blieb ein Einzelkind und fest mit ihrer ostfriesischen Heimat verwurzelt. Sie heiratete, nachdem sie nach der Schule ein Jahr im Norden Schottlands als Aupair-Mädchen verbracht hatte, ihren Schulfreund Dirk, einen bodenständigen Norderneyer Dachdecker. Während ihres Schottlandaufenthaltes hatte sie an einem Wochenende die Verwandten in Linlithgow und Cairnpapple Hill besucht und dort die gleichaltrige Beth, Barbaras erste Enkelin, kennengelernt.

„Was für eine Geschichte!", rief Holly aus, die mit ihrem dunklen Haar und den lebhaften dunklen Augen, der kecken Nase und dem entschlossenen Kinn ein Ebenbild ihrer Großmutter Helene war.

„Aber das Beste wisst ihr ja noch gar nicht!" vermeldete Jule geheimnisvoll, während sie an ihrer großen quadratischen Ledertasche herumnestelte. „Ich habe auf dem Dachboden etwas gefunden, das Oma Josephine gehört haben muss."

Sie zog ein Bündel Briefe hervor, das alt und abgegriffen aussah. Neugierig beugten sich Holly und Beth über den Fund. Jule suchte in dem Papierstapel etwas Bestimmtes. Endlich hatte sie es gefunden. Der vergilbte Briefbogen trug eine zierliche Handschrift und steckte in einem weißen Umschlag mit einer grünen Half-Penny-Briefmarke, auf der King Edwards Konterfei zu sehen war. Adressiert war er an Herrn Ludwig und Frau Paula Walther, Olgastraße 10, Tübingen, Königreich Württemberg, German Empire.

Jule erklärte: „Das ist ein Brief, den Peters Mutter Barbara von London nach Tübingen geschickt haben muss. Josephine hat ihn aufbewahrt."

Mit viel Mühe und dank ihrer neuen Lesebrille gelang es Jule, Barbaras Zeilen zu entziffern.

Als sie begann, den Brief zu verlesen, legte sich allmählich das Gemurmel im Saal. Man lehnte sich gemütlich zurück und viele Ohren verfolgten, was Barbara vor knapp achtzig Jahren geschrieben hatte:

Unsere Reise nach Cairnpapple Hill gestaltete sich langwierig, da die Kutsche mehrfach im Matsch stecken blieb und der Kutscher all seine Kunst aufbieten musste, um die Räder wieder gangbar zu machen. Dass ich darauf bestanden hatte, Peter und sein Kindermädchen, unsere verlässliche Nelly, mit nach Schottland zu nehmen, stieß bei meinem Gatten nicht auf Begeisterung. Dennoch gab er seine Einwilligung, und nach zwei anstrengenden Reisetagen erreichten wir Cairnpapple Hill.

Der prähistorische Steinkreis auf einem künstlich aufgeschütteten Hügel, umgeben von einer mit Kieseln übersäten Grasnarbe, ist beeindruckend anzusehen. Angeblich soll sich hier eine Jahrtausende alte Grabkammer befunden haben, Genaueres weiß man darüber nicht. Idyllisch auf einer kleinen Anhöhe gelegen, ragt unweit des Kreisbogens das steinerne Gutshaus der Cairnpapples aus einer malerischen Kieferngruppe, umgeben von Wacholder, heraus.

Der Lord begrüßte uns freundlich, er schien bester Laune zu sein, hatte Jessie ihm doch den ersehnten Erben geschenkt, einen kleinen James, benannt nach sämtlichen erstgeborenen Cairnpapple-Söhnen. Der Säugling ist entzückend, seine Kleider exquisit. In der Gutsbibliothek hängt bereits ein erstes Gemälde von Lord und Lady Cairnpapple mit dem Knaben im Arm.

Jule pausierte kurz und hob dann mit einem Lachen in der Stimme wieder an.

Unser kleiner Peter bereitet uns nichts als Freude. Er ist ein Wonneproppen, lächelt und brabbelt erste unverständliche Laute vor sich hin.

An dieser Stelle erntete der Brief großes Gelächter und man stieß mit lauten Jubelrufen auf das Geburtstagskind an, das bedächtig gelauscht hatte. Die Vergangenheit lebte durch die eben verlesenen Zeilen wieder auf und dankbar dachte Peter zurück an seine Mutter Barbara, an Helene und Josephine.

Durch das Panoramafenster fielen leuchtende Oktoberstrahlen, welche die Sonnenblumen neben den hellen Kerzenflammen an der Festtafel märchenhaft vergoldeten. Gerührt und voller Wohlwollen ließ Peter seinen zufriedenen Blick über die Nachfahren der Tübinger Schwestern schweifen.

DANKSAGUNG

Mein herzlicher Dank gilt allen, die mir bei der Umsetzung meines Romanprojektes geholfen haben.

Danke für viele wertvolle Anregungen, Korrekturen, Tipps und für eure Geduld!